次元を超えた探しもの

アルビーのバナナ量子論

クリストファー・エッジ 作
横山和江 訳　ウチダヒロコ 絵

あらゆる世界にいる　クリッシー、アレックス、ジョシーへ

目次

「では先生は、」とピーター。「ああいう別世界がやたらにあるとおっしゃるんですか。角をまわれば、すぐそこというふうな？」

「それ以上にありそうなことは、ないよ。」こういって先生は、めがねをはずしてそのレンズをふきはじめながら、ぶつぶつひとりごとをつぶやきました。「いったい、いまの学校では、何を教えておるのかな。」

「ナルニア国ものがたり」シリーズ『ライオンと魔女』
（C・S・ルイス／作　瀬田貞二／訳　岩波書店）より引用

01章 母さんとの別れ

母さんを見つけるのに〈量子物理学〉を使えばいいと教えてくれたのは、父さんだ。

二週間前に亡くなった母さんのお葬式は、その週の火曜日にクラックソープ村の聖トーマス教会でおこなわれた。はじめのうち父さんは、〝宗教的な儀式〟じゃなく、人間愛に満ちたものにしたいといってたけど、ジョーおじいちゃんは受けいれなかった。葬式は教会でするものだ、って。父さんがなにか説明しようとしても、紅茶をはきだしそうないきおいで、おじいちゃんは反論した。あの子はわしの娘だ、と。

おじいちゃんは、いった。赤ちゃんのときに聖トーマス教会で洗礼を受けたのだから、遺灰も教会のジョイスおばあちゃんのとなりに埋めてほしい、と。荒れ野のはずれにある、風力タービンと鉱山のほうを見やりながら。

鉱山は、母さんが働いていた場所だ。地下でだけど。炭鉱作業員じゃなくて、科学者だった。クラックソープ鉱山はイギリスでもっとも深い鉱山のひとつで、石炭がとれなくなってからは、科学者たちが炭鉱跡で宇宙の秘密を調査するようになった。鉱山のいちばん深いところでは、宇宙線の影響を受けずにハイテク機器で実験できるそうだ。

宇宙線っていうのは、宇宙から飛んでくるものすごく小さい粒子だ。毎日、大量の宇宙線が体をすりぬけているのに、ぼくたちは気づきもしない。宇宙線を浴びたら、大きな目の宇宙人になっちゃうかも……、なんていう心配はいらない。けど、母さんと父さんの実験をだいなしにするから、地下深くにもぐらなきゃいけないんだって。

母さんと父さんのはじめてのデートは荒れ野の地下千メートルだった、っていうじょうだんを何度か聞かされた。ふたりは暗黒物質を見つけるために、炭鉱跡にもぐった。暗黒物質っていうのは、宇宙をつなぎあわせている見えない接着剤みたいなものだけど、そのかわりにパートナーを見つけたというわけ。

ふたりは結婚して、しばらくすると、八か月後にぼくをこの世に送りだした。アルバート・スティーブン・ブライトを。父さんと母さんが尊敬する科学者、アルバート・アインシュタインとスティーブン・ホーキングから、ひとつずつもらった名前だ。でもたいていは、アルビーってよばれてる。

母さんによれば、ぼくが予定日より早く生まれたのは、宇宙が生まれたときのビッグバンみたいだったらしい。心底おどろいたし、すごくこわかったんだって。生後四か月近くまで病院に入院してて、すっかり元気になってから、母さんと父さんに連れられてスイスにあるセルンという素粒子物理学研究所へ移り住んだ。

セルンは、科学者にとってディズニーランドみたいな場所だ。セルンの研究者がワールド・ワイド・ウェブ・システムこと〈インターネット〉を開発したし、セルンには大型ハドロン衝突型加速器がある。知らない人のために説明すると、世界でいちばん大きな円形のトンネルで、長さ約二十七キロメートル、重さ三万八千トンもある。だから、大型ハドロン衝突型加速器（ＬＨＣ）ってよばれてる。科学者はヒッグス粒子や未知の素粒子を発見するために、ＬＨＣをつくった。

世界のありとあらゆる物質は、「原子」でできてる。人間も、紙も、太陽さえも。原子にまつわるものは、すごく小さい。とてつもなく。原子がどのくらい小さいか、例をあげてみよう。文章の最後には、句点という丸をつける。この丸ひとつには、原子が八兆個も入る。算用数字で書けば8,000,000,000,000個で、ゼロが十二個だ。

いま、この世界で生きている人間は、句点の丸よりもたくさんの原子からできてる。これって、すごくない？　おまけに、原子はすべて、もっと小さい陽子と中性子からなる原子核、そのまわりをまわる電子とよばれる粒子で構成されてる。そして陽子も中性子も、さらに小さい粒でできている。それが素粒子なんだ。

どうして小さいものを見るために巨大な機械が必要なんだろう？、って母さんに聞いたら、こんなふうに教えてくれた。

母さんの話はこうだ。LHCは、粒子が競争するための、地下につくられた競技場トラックみたいなものだ。そこでは、電磁場によって加速された粒子が、速度を増しながら右まわりと左まわりでぐるぐるまわり、あるところで正面衝突するように設計されている。宇宙ができたときのビッグバンの小型版が起こる。

この研究を通して、母さんと父さんは宇宙のはじまりを発見しようとしてたんだ。ただ、ひとつ問題があった。粒子を光の速さでぶつけると、小型のビッグバンだけじゃなく、ものすごく小さなブラックホールもつくられるかもしれない、とわかったんだ。ふつうのブラックホールはとてつもなく大きく、宇宙にある〝見えない掃除機〟みたいなもので、近づくものすべてをすいこんでしまう。父さんが書いた本によれば、ブラックホールの重力はとてつもなく強くて、光でも逃げられないらしい。ブラックホールを見ようとして宇宙船で近づいたら、すいこまれてスパゲッティにされちゃうだろう。

LHCがブラックホールを生みだすかもしれないという考えは、もちろん歓迎されなかった。世界じゅうから、あっというまにセルンにおしかけてきた記者たちが、「地球を破壊しようとたくらんでいるのか!?」と、母さんや父さんをふくめた科学者たちにつめよった。

けっきょく、父さんがテレビカメラのまえに出て、説明するはめになった。地球を破壊しようとするたくらみなんてないし、ＬＨＣ内部にできるのは小さなブラックホールだから、宇宙にある大きなブラックホールのように地球をまるごとすいこむなんてありえない、って。

まさに、そのときだ。父さんの才能が見いだされたのは。科学番組を担当しないかと、テレビ局の人からさそわれた。『ベン・ブライトの宇宙への招待――学校の科学がきらいだったあなたに、宇宙について知りたいすべてを教えます』という番組だ。

学校で科学がきらいだった人がすごくたくさんいた、ってわかった。八百万もの人が、父さんの番組を見たから。テレビ評論家から、〝なんでも説明できる男〟ってニックネームをつけられたほどだ。けど実際のところ、ぼくの宿題には、ひとつも役立ってない。テレビ番組を収録するために世界じゅうを飛びまわるせいで、父さんはめったに家にいなかったから。

　父さんがぼくを学校にむかえにくるといつも、みんなが父さんといっしょに写真を撮りおえるのを待つはめになる。ぼくはばつが悪くてたまらないのに、母さんは気にしてないみたいだった。父さんがテレビスターとして仕事をしてるすきにほんものの科学にとりくめるから先にノーベル賞をとれるかもね、と母さんは話してた。

　ところが、あることがわかってから、すべてががらりと変わった。

　ＬＨＣで働く科学者が受ける健康診断の結果、母さんの体に影が見つかった。ガンだ。それを知った母さんと父さんは、すぐに荷物をまとめた。家族三人でイギリスへもどり、母さんの治療に専念するために。

　クラックソープ村にある家へ引っこしてからは、父さんは来る日も来る日も、車で母さんを病院に連れていった。母さんはできるかぎりの治療を受けたのに、とうとう、手のつくしようがないとお医者さんにいわれた。母さんの髪の毛がぬけおち、笑顔も、わずかな望みも消えてしまうのを、ぼくはただ見つめるしかなかった。腹を立てる時間がぎりぎりあったくらいで、この世界から母さんがいなくなったあとには、心にとてつもなく大きなブラックホールができた。

こうして、ぼくは聖トーマス教会のまえに立ち、母さんのお棺を見つめてる。教会は親戚や両親の友だちであふれかえっていた。ジョーおじいちゃん、ソフィーおばさんとふたごのいとこたち、ＬＨＣから来た科学者たち、村はずれにある炭鉱跡で働く人たち。テレビ局の人や、母さんの学生時代の友だちもいた。みんな、母さんとお別れをするために来ていた。

牧師さんが話をはじめたとき、父さんはぼくの手をとり、しっかりにぎりしめた。ぼくまで消えてしまわないようにしてるみたいだったけど、子どもあつかいされてるとしか思えなかった。もういっぽうの手をジョーおじいちゃんににぎられてたから、指で耳をふさぎたくても、そのまますわってるしかなかった。牧師さんの話なんか聞

きたくなかったのに、そっくりそのまま覚えてる。

「きょう、わたしたちは、夫のベンと息子のアルビーを残して三十九歳で旅立ったシャーロット・エリザベス・ブライトを追悼するため、ここに集いました。シャーロットは献身的な妻であり、愛情深い母親であり、最愛の娘であるばかりか、世界的に有名な科学者でもありました。大型ハドロン衝突型加速器における仕事は、未解明の宇宙のなぞに光をあて、創造の奇跡についての理解を深める手助けをしてくれました。原子や星、光の速さ、人間の心臓の鼓動などは、人工的な機械より、はるかに偉大な力によってもたらされるものなのです。

そしていま、シャーロットは奇跡がありふれたものに思えるところにいます。美しさとかがやきが無限にあり、病や痛み、悲しみや絶望がなく、よろこびが永遠につづく場所、すなわち天国にいるのです。そこでシャーロットは、神がつくられた世界への問いに対する、あらゆる答えを見つけるでしょう」

手をあげて牧師さんに質問したかったのに、父さんとジョーおじいちゃんに手をつかまれてるせいで、だまって長話を聞きつづけるしかなかった。お葬式が終わって、みんなが家へ帰り、おじいちゃんが肘かけいすでいびきをかきはじめると、やっと心に引っかかっていた質問を父さんにできた。

「牧師さんは、母さんが天国にいるって、どうしてわかるの？」

ソファにすわっていた父さんは、おどろいて目をしばたたいた。そのまま答えを待っていると、父さんは何度か口を開けたりとじたりしただけで、ひとつも言葉は出てこなかった。

「つまりね、父さんは天国を信じる？」

すると父さんは、量子物理学の話をはじめたんだ。

「原子や粒子は、説明のつかない動きをすることがあるんだよ」

父さんは、むずかしい説明をする。

「〈二重スリット実験〉とよばれる、有名な実験がある。ふたつの小さな穴を通して、粒子をかべに発射させる実験だ」

父さんは紙とえんぴつをとりだして、説明しやすいように絵を描きはじめた。

「この実験では、ひとつの粒子は左の穴を通ることも、右の穴を通ることもある。ところが、どういうわけか、同時にふたつの穴を通る粒子があらわれることがある」

また、おきまりのパターンだ。簡単な質問をするといつも、父さんは自分のテレビ番組に出てくる内容にからめて説明しようとしてくる。

「ひとつの粒子が同時に、二か所に存在できる現象について、何人もの科学者がさまざまな理論を考えてきた」

父さんの説明はつづく。

「だが、このことがパラレルワールドの存在を証明する、と考える量子物理学者もいるんだ。この宇宙、つまりわたしたちが生きている世界は、無限にある世界のうちのひとつでしかないという。たとえば粒子が左の穴を通るか右の穴を通るかのように、この世界でなにかひとつを選ぶたびに、それぞれの可能性が等しく起きる新しい並行世界にわかれていく」

父さんが話す内容に、なんとか追いつこうと質問した。

「〈新しい並行世界〉って、どういう意味？」

「一列にならんだ地球が宇宙に広がっていくようすをイメージしてごらん」

父さんはいう。

「スクールバスを待つ列みたいにね。それぞれの並行世界、すなわちパラレルワールドは、この地球にそっくりだが、細かい点でちがっている。宝くじに当たるパラレルワールドがあれば、サメに食べられてしまうパラレルワールドもある。それぞれの世界で、さまざまなことが起こりえるんだ」

父さんは、自分の番組でひとすじ縄ではいかない科学の説明をするときにいつもしている、気むずかしく、まじめな顔をしてみせた。

「アルビー、考えてもごらんよ。ひとつの粒子が同時にふたつの穴を通ることがほんとうに起こるのなら、おまえと父さんにも同じことが起こるだろう。わたしたちは、粒子で構成される原子でできているのだからね」

父さんはつづける。

「母さんの体のなかで、ガンを引きおこしたのはたったひとつの細胞だった。でも量子物理学の考えでは、それが起こらないパラレルワールドでは母さんはガンにならないし、いまでもアルビーといっしょに暮らしている可能性があるんじゃないのかな」

父さんはまじめな顔から、無理やり笑顔をつくろうとしてる。

「そんなふうに考えるのって、いいと思わないかい?」

父さんの説明が、じわじわと心にしみこむにつれ、頭がくらくらしてきた。

あるとき、どうして科学者になりたいと思ったのか、って母さんに聞いてみたことがある。すると、科学のいちばん好きなところは現状をそのまま受けいれない点だといわれた。科学者は疑問を投げかけ、発見し、ときには世界を変えることすらある。母さんからは、「できることを見つけるだけじゃなく、できないことに挑戦しなさい」っていわれてた。

量子物理学の考えによれば、母さんが生きているパラレルワールドがあるという。

だとしたら、量子物理学を利用して、母さんを見つけられるかもしれない。

02 章

科学研究発表会

ところが、量子物理学についてもっと調べるまえに、学校にもどらなくちゃいけなくなった。

母親のお葬式が火曜日にあったら、その週いっぱいは学校を休めると、ふつうは思うだろう。なのに父さんの考えは、ちがってた。

「いつもの生活に、もどらないとな」

ぼくが反対しようとしたら、父さんにいわれた。

「それが母さんの望みだったし、父さんもそうするべきだと思うんだよ。だから、父さんは実験の経過をチェックしに炭鉱跡の地下研究室へ行くし、アルビーは学校を休んだぶんの授業に追いつかなければならない」

「でも、量子物理学の話を父さんから聞きたかったのに……」

「今夜にでも話せるさ」

父さんは、きっぱりといった。

「アルビー、もう仕事に行くよ。おじいちゃんに、よろしくな。遅刻するなよ」

あいかわらずのいいわけだ。父さんの態度も、あいかわらず。ぼくのことより、仕事で頭がいっぱいなんだ。母さんが生きてたら、量子物理学を知るにはなにが必要かを教えてくれるのに。そんなふうに考えるのは、皮肉な感じがするけど。この世界には、もう母さんはいない。

母さんには、なんでも質問できた。どうして、チーズトーストのチーズはのびるの？どうして、恐竜は絶滅したの？　どうして、人間には鼻の穴がふたつあるのに、口はひとつしかないの？

母さんに質問しても、すぐに答えを教えてはくれない。まずは、ぼくがどう考えるのかを話させたあとで、いっしょに調べてくれた。チーズトーストのサンドイッチをつくったし、化石探しにも行ったし、鼻くそを飛ばす練習までしたこともある。

母さんをうしなったいま、〝なんでも説明できる男〟とよばれる父さんとふたりで、この世に残された。けど父さんには、ぼくと話す時間なんてない。

父さんが地下研究室へ出かけていったあと、遅刻して学校に行ってみると、教室がマッドサイエンティスト、まるで頭のおかしな科学者の研究室みたいになってた。みんなの机には、紙でできた筒、ヘリウムガス入りの風船、どろどろしたものがあふれてるペットボトルとかがいっぱいだったから。

いちばん近い席のヴィクトリア・バーンズは、マッシュポテトの山をつくってる。そのむこうでは親友のキラン・アハメドが、おもちゃのバズ・ライトイヤーにパラシュートをつけようとしてる。好きかってにしゃべってるみんなの声がうるさすぎて、ベンジャミン先生はがまんの限界レベルを超えそうだ。

ベンジャミン先生は若くて、ベテランじゃない。よい面は、この科学研究発表会みたいに、自分で考えたおもしろい実験を自由にさせてくれること。それに、来週の発表会の審査員には、父さんが招待されてる。ただ、父さんは仕事がいそがしくて無理です、と断ってたけど。

ベテランの先生とちがい、ベンジャミン先生はクラスのみんなを静かにさせるのが、とことん苦手だ。水は百度でふっとうするけど、ベンジャミン先生のがまんの限界は百デシベル。これは、大型バイクのエンジンをふかしたり、大型飛行機が離陸したりするときくらいのうるささだ。先生によれば、六組の生徒がちょっとさわげば、たちまちそのレベルに達するらしい。

ベンジャミン先生は火山みたいだ、ってウェスリー・マクナマラはいう。先生の左のまぶたがピクピク動きはじめると、もうすぐ爆発する目印なんだって。いまのところベンジャミン先生は、ぼくを自分の机のとなりにすわらせて、左のまぶたのピクピクをおさえながら話をしてる。

「アルビー、学校に来てくれてうれしいわ。休んでいるあいだ、みんな、さびしがってたのよ。でも無理して、こんなに早く学校に来たわけじゃないといいのだけれど」

父さんに無理やり学校に行かされたとは、先生にはだまってた。そのかわり、自分のくつをじっと見つめた。このくつ、お葬式のまえに父さんがみがいてくれたんだけど、暗黒物質をぬられたみたいだ。まえは、こんなに黒くてピカピカしてなかったはず。このまま見つめてたらブラックホールにすいこまれて、ここからいなくなればいいのに。

「そうね、きっと元気が出たのよね」

ベンジャミン先生が、ぼくの考えをさえぎった。

「でも授業を休みたくなったら、図書室にいてもいいのよ。図書担当のフォレスト先生には伝えてあるから。つらいなって思ったり、ひとりになりたくなったりしたら、先生に教えてちょうだい。すぐ図書室に行っていいからね。うるさく、あれこれ聞いたりしないから」

教室のうしろのほうで、いきなりヘリウムガスの風船が割れた。ベンジャミン先生の左まぶたがピクピクしはじめるかどうかたしかめたくて、ぼくは顔をあげた。

「先生、授業に参加していいですか？」

「もちろん、どうぞ」

先生のまぶたは、ちょっとだけピクピクしてる。

「ただ、このさわぎのとおり、みんな来週の科学研究発表会にむけた準備にかかりきりなの。でもアルビーは、これから課題を決めていいのよ。ヴィクトリアや、ほかの子たちのようすを見てみたらどうかしら？　なにか思いつくかもしれないからね」

そういわれて、ぼくがマッシュポテトで山をつくっているヴィクトリアのほうへ向かったとたん、先生は教室のうしろにダッシュし、もういちどコンパスで風船を割ろうとするウェスリーをやめさせた。

ヴィクトリアは、学校でいちばんの人気者だ。半年前に、ぼくがこのクラックソープ小学校に転校してきたとき、本人からそう聞かされた。

「あたし、学校でいちばん人気があるのよ。あなたのお父さんって、テレビ番組に出てる人なんでしょ？　友だちになりましょ」って。

けど、その〈友情〉は、つぎの休み時間に終わりをつげた。ぼくの父さんには気軽に電話をかけられる有名人の知り合いなんていないことや、父さんのテレビ番組に出たければ、超新星に向かってまっさかさまに落ちるヴィクトリアの動画を、父さんに撮影させてあげるくらいしかないってことを伝えたから。

超新星っていうのは、とてつもなく大きな星が宇宙で爆発することだ。見たこともないほどの大きい花火が、一兆倍単位で広がっていくイメージなんだけど。ヴィクトリアにいじわるするつもりで、いったわけじゃない。ただ、ヴィクトリアがテレビでビッグなスターになりたいっていったから、ちょっと悪ふざけしたくなっただけ。

ヴィクトリアが、山の斜面にマッシュポテトをぬりたくるのを見つめた。長い金髪をポニーテールにしてるヴィクトリアは、口のはしから舌の先を少し出してる。集中するときによくする癖なんだろう。

「なんで、マッシュポテトの山をつくってるの？」

ヴィクトリアに聞いてみた。ヴィクトリアが、にらみつけるように見かえしてきた。

「マッシュポテトじゃないの、おまぬけさん。パピエマシェよ」

そういうとヴィクトリアは、山のてっぺんの大きな丸い穴(あな)のまわりに、ねっとりしたものの残りをぬりつけた。

「そして、これはヴェスヴィオ山」

ヴィクトリアは、ぼくの名前がアルビーだと知ってる。けど転校初日の放課後までに、ぼくのほんとうの名前はOMK(オーエムケー)だと六組のみんなに吹(ふ)きこみ、その意味を想像(そうぞう)してごらんといいふらした。「おまぬけさん」っていうのは、ヴィクトリアお気に入りの言葉だ。いつもそうよばれるけど、いまはただ無視(むし)しようと決めてる。悪口をいわれるより悪いことがあるって、母さんに教えられてたから。

ヴィクトリアは一歩うしろにさがって、自分の作品をながめた。マッシュポテトの山だと思えたのは、切った紙を水にとかし、糊(のり)をまぜて型にはめてつくる「パピエマシェ」の山だと、ぼくにもわかった。山のふもとにはレゴブロックでつくった家がならんでて、レゴのローマ兵とおもちゃの動物たちが守ってる。ヴィクトリアはふでで指さしながら、レゴの町の説明をはじめた。

「これはポンペイの町。レゴの兵隊は弟の部屋からもってきて、ウシとヒツジのおもちゃは低学年の教室から借りてきたの。ベンジャミン先生に、ここ最近のなかではトップクラスのできよねっていわれたわ。来週の発表会であなたのお父さんは、あたしのを選ぶべきね」

ヴィクトリアに八つ当たりされたくなくて、父さんが発表会の審査をしないことはだまっておいた。かわりに、どうして山に穴があいているのか聞いてみた。

「おまぬけさん、山じゃなくて火山なんだってば。二千年近くまえに噴火した、ヴェスヴィオ山なの。山のてっぺんがふきとんで、火山の岩や灰の下にポンペイの町が埋もれたんだから。おそろしい溶岩流におそわれて、何千もの人が生きたまま埋もれたり、かりかりに焼かれたりしたそうよ」

町が破壊されたの話をしながら、ヴィクトリアの目がぎらりと光る。

「この火山の穴にお酢と重炭酸ソーダ、つまり重曹を入れれば……、ドッカーン！　って火山が爆発するしかけ」

レゴの兵隊が、自分の体の二倍はあるおもちゃのウシに、小さいやりをむけているのを見おろした。火山からあふれでた溶岩がぶくぶくと泡を立てて、兵隊の家をのみこむようすを想像する。

「どうして、逃げなかったのかな？」

「ヴェスヴィオ山が噴火するなんて、だれも知らなかったもの」

ヴィクトリアはつんとすまして、いう。

「外でのんびりとピザを食べてたら、つぎの瞬間には、ドッカーンと噴火して、かんぺきにやられちゃったんだから」

母さんからよく、アルビーは心配しすぎるっていわれてた。地球温暖化でたいへんなことが起こるとか、小惑星が地球に衝突するんじゃないかとか、母さんの実験でブラックホールができて宇宙がまるごと破壊されるとか。もしぼくがポンペイに住んでたら、焼きたてのピザを食べながら、町なんてぶらつかない。

「ベンジャミン先生から、お母さんの話を聞いたわ」

ヴィクトリアがいう。

「登校してきたら、とりわけ親切にしなさいっていわれたのよ」

ヴィクトリアの「とりわけ親切にする」という言葉には、「おまぬけさん」とよばないことはふくまれてないんだな。でも、そのあとの話には、すごくおどろいた。

「金曜日のあたしの誕生パーティーに来たい？　村の集会所で夜七時からはじまるんだけど。ほんもののＤＪが来るし、写真撮影コーナーもある。ダンス大会もするのよ、ぜったい優勝するつもりだけど。イケてる子がたくさん集まるし。ママからさそってあげなさいっていわれたのよ。元気を出してってね」

まったく元気のない状態から、ものすごく元気づけられる状態までを点数で考えてみたものの、ヴィクトリアの誕生パーティーに行くのはかなり点が低い。写真を撮ってもらうのは好きじゃないし、ダンスなんかしなくていい。でも父さんから、いつもの生活にもどらなきゃっていわれたから、もういちどヴィクトリアにチャンスをあげるべきかもと思った。

「ありがとう」

ぼくはヴィクトリアに伝えた。

「行けるかどうか、父さんに聞いてみるよ」

ヴィクトリアはレゴの兵隊が火山を向くように置きなおすと、思いだしたようにふりむいた。

「ちゃんと、プレゼントをもってきなさいよ」

ぼくのうしろで、おどろいたようすのキランが口笛をふいた。

「ヴィクトリアの誕生パーティーによばれたの？　すごいね、ぜんぶ見てたよ」

キラン・アハメドは、六組でいちばん仲のいい友だちだ。実際（じっさい）には、六組でただひとりの友だちかもしれない。六年生のとちゅうで転校してきて、新しく友だちをつくるのは、ひとすじ縄じゃいかないから。

　ぼく以外は、五歳児クラスのキンダーから数えて六年と半年のあいだ、ずっといっしょに過ごしてきてる。同じ時間割で勉強して、校庭でサッカーをして、二年生のときにウェスリーがナナフシを大虐殺したことも覚えてる。それぞれに気の合う友だちがいたからなのか、わざわざぼくを友だちにしようとはしなかった。キラン以外は、ということだけど。

　はじめは、テレビ番組に父さんが出てるから友だちになりたいだけだろうと思ってた。ヴィクトリアみたいに。でもそのうち、キランは宇宙に夢中なんだとわかった。火星におりたつ、はじめての人間になるつもりなんだって。それが無理でも、アジア系イギリス人初の宇宙飛行士でもいいらしい。無重力になれておくために、プールでスキューバダイビングを習ってるし、太陽系にある衛星の名前もすべて知ってる。

「ほら、見て」

　キランは、小さいパラシュートにさがっているアクション人形のバズ・ライトイヤーをぶらぶらさせた。

「バズを、無限のかなたへ飛ばすんだ！」

キランの机のかどにつけてあるヘリウム風船は、かわいいポニーの形だ。そのひもの先が、バズのスペースレンジャー・ベルトにまきつけてある。

「このポニーの風船で？」

キランは首をふった。

「風船は、ひとつだけじゃないよ。百個の風船をたった九・九九ポンドと送料で、パパが通信販売で買ったんだ。妹の誕生パーティー用だったのに、スパイダーマンに夢中になったから、かわりにぼくがもらったというわけ」

キランはつづける。

「発表会の日まで残りの九十九個を置いておけるようにって、ベンジャミン先生が棚を整理してくれてるよ。『カールじいさんの空飛ぶ家』って映画、見たよね？　ヘリウム風船を使って、バズを宇宙へ飛ばすんだ。成層圏へ到達する、世界ではじめてのアクション人形っていうわけ」

もしも、キランがポニーの風船だけを使ってバズをはじめて宇宙へ飛ばせたら、科学研究発表会で一等賞に選ばれるだろう。でも、それには、ひとつ問題があった。

「二〇〇八年に、スペースシャトルのディスカバリー号が、バズ・ライトイヤーを国際宇宙ステーションのISSに連れてってたんだ」

ぼくは、キランにつげた。

「父さんのテレビ番組で、〝変わり者宇宙飛行士ベスト五〟っていう特集をしたときに、バズがISSのなかをふわふわうかぶ映像が流れてた。バズはすでに、世界ではじめて宇宙に行ったアクション人形なんだよ」

すごくがっかりしたキランは、バズを机にぶつけた。その衝撃でバズのつばさが開き、「無限のかなたへ、さあ行くぞ！」という声まで出した。

「おまえが、宇宙に行ったことがなければよかったのに」

キランは、バズに冷たくいいはなった。

「世界初をなしとげたいんだ。なにか、特別なものを見つけなくちゃ。だれも飛ばしていない、なにかをさ」

「レゴの宇宙飛行士はどうかな？」

ヴィクトリアの火山を見やりながら、ぼくはキランに提案した。キランの風船なら、ヴェスヴィオ山が噴火するまえに、ポンペイに住んでるレゴの人たちを救いだせるかも。

キランは首をふった。

「だめだよ。二〇一二年にカナダの高校生が、ミニフィグを宇宙に飛ばしたことがあるんだ。動画サイトで映像を見たよ。風船で飛ばすのも、そこから思いついたからね」

キランは、バズのベルトにまきつけたひもをはずしはじめた。

「アルビー、発表会の課題をこれからはじめるつもり？　自分の研究をする時間がなかったら、ぼくのを手伝えばいいんじゃない？　だって、ほら……。お母さんのことがあったし」

ぼくがいま、興味があるのは量子物理学だけだ。キランにその話をしようとしたら、教室のうしろからものすごいさけび声が聞こえてきた。

「先生！」

ルーシー・ウェブスターだ。

「ウェスリーが、スニッフルズを外に出しちゃいました！」

教室で飼ってる茶色い毛のハムスターのスニッフルズが、机の上の試験管や小麦ねんどのあいだを、キーキー鳴きながらちょこまか動きまわってる。ベンジャミン先生は、生徒たちに向かって声をはりあげた。

「静かに！　静かに！　落ちつきなさい！」

先生は、開いてる窓から逃げだそうとするスニッフルズをすばやくつかまえると、くるりとふりかえった。先生の顔は、爆発寸前の火山みたいに真っ赤だし、左まぶたがはげしくピクピクと動いてる。

「ああ。もう、がまんの限界だわ！　こんなバカさわぎ、度がすぎてるでしょ！　ほかのクラスに迷惑をかけなきゃ発表会の準備をできないなら、静かにできる科学のテストをしますから」

六組のみんなが、うめき声をあげた。

「静かに！」

先生は、またさけんだ。そして、教室のうしろまで大またで歩いていくと、スニッフルズをケージにもどした。

「先生、わざと出したんじゃありません」

ウェスリーは、緑色の小さな葉が山もりになってるプラスチック容器をもちあげていった。

「こしょう草の芽を食べるのかなあ、と思ってさ」

先生は、ウェスリーを無視した。ピクピク動く左まぶたは、まだSOSのシグナルを出してる。

「さあ、あなたたち。実験道具を残らずかたづけて、筆記用具を出しなさい。静かにね！　休み時間になるまで、みんなが出す音を聞きたくありませんから」

学校にもどった初日にテストがあるとは、なんてこった。量子力学についての問題でもなければ、母さんを探しだす役には立たない。

そのとき、テストをぬけだす口実を、ぼくはベンジャミン先生からもらっていたことを思いだした。みんなが、ぶつぶついいながらかたづけをするなか、手をあげた。

「先生、授業をぬけてもいいですか？　図書室に行きたいんです」

03章

量子物理学の本

「なんの本を探しているですって？」

図書担当のフォレスト先生が、めがね越しにぼくを見た。先生は、図書室の本にスタンプをおしてる。

「量子物理学の本です、先生。科学研究の課題をするためです」

フォレスト先生は、図書担当の先生と名乗るのが好きじゃない。その人にぴったりあう本を処方する本の医者だ、といってる。

まえに先生が選んでくれた本は、イギリスのロアルド・ダールという作家が書いた

『ダニーは世界チャンピオン』だった。お父さんとふたりきりで、荷馬車に住んでいるダニー少年の物語だ。ダニーのお父さんは自分の奥さん、つまりダニーのお母さんが死んださびしさをまぎらわせようと、凧とか、ゴーカートとか、熱気球みたいなかっこいいものをつくって過ごしていた。

じつをいえば、はじめの何章かでぼくの父さんのだめさかげんを思いだしちゃって、読むのをやめてしまってた。まわりの人からすれば、宇宙のしくみを知っているテレビスターの父親がいるのはすごい、と思われるかもしれない。けどぼくは、凧のつくりかたを知ってるふつうの父親と、いつでも交換したいと思ってる。

このまえ授業で図書の勉強をしたとき、フォレスト先生が本はどこへでも連れていってくれると、六組のみんなに話してた。知らない国、忘れられない場所、夢のような国へも。そしたら、ウェスリーが手をあげて、それは本じゃなくて飛行機じゃないんですか、といった。みんな笑ってたけど、いまぼくは、パラレルワールドへ連れていってくれる本を先生が見つけてくれることだけを願ってる。

フォレスト先生はスタンプを置くと、ノンフィクションの本がならんでいるコーナーへ案内してくれた。

「アルビー。科学に関係する本は、ここにあるだけよ。量子物理学について書いてある本はないと思うわ。小学生が習う内容じゃないからね。お父さんに聞いてみたら？ここにある科学の本をぜんぶ合わせたより、ずっとたくさん知っているはずだもの」

「父さんは、仕事がいそがしくて」

ぼくは、さっと答えた。

「基本的な内容がわかる本を読んでみたいんです」

「なるほどね」

フォレスト先生は本棚の真ん中から、本を一冊とりだした。

「どちらにしても、お父さんから教えてもらうことになるみたいよ」

先生からわたされた本の表紙を見たら、父さんに見つめかえされた。『ベン・ブライトの宇宙入門書――小惑星からX線星のほか、すべての星を語る』だ。テレビ番組が評判になった父さんは、番組と同じ内容の本を子ども向けに書いてほしい、とたのまれた。それからしばらく、父さんは仕事部屋にとじこもって本を書いてた。家族三人で平和に過ごせた最後の夏だったのに、そのせいでだいなしにされたんだ。

あのとき母さんは、ぼくを元気づけようと、こんな話をしてくれた。

「父さんはアルビーに、ほこりに思ってもらいたいのよね。あの本は、アルビーのために書いてるの」

そのときは信じなかったけど、いまは母さんが正しかったと信じたい。

読書用の席につくと、本を開いて目次を調べはじめた。小惑星、ビッグバン、ブラックホール、光円錐、暗黒物質、アインシュタインをはじめ、ぼくの知らない言葉が山ほどならんでる。でもページの中ほどで、探してたものを見つけた。

――量子物理学　一〇八・一〇九ページ――

一〇八ページを開いたら、こんな文章が目に飛びこんできた。

〈量子物理学を理解できたと思ったなら、量子物理学を理解していない証拠です。〉

父さん、すごい説明のはじめかたをするね。

〈量子物理学は、かなり変わった科学です。なぜなら、原子や粒子の動きが奇妙であることを説明しようとするものだからです。とても小さな量子の世界では、ひとつの原子や粒子が同時に一か所以上に存在できるし、さらにふたつの異なる状態でも存在できます！ 量子物理学の考えでは、実際に目で見るまでは、あらゆることが可能だといえます。〉

ぼくは頭をかいた。もう父さんの説明に、ついていけなくなった。なんで、ひとつのものが同時にちがう場所にあったり、ちがう状態でいられたりするんだろう？ さっぱりわけがわからない。

頭を休ませようと、同じページに描かれている絵をながめた。箱にとじこめられた、死んでるけど生きてるゾンビみたいなネコがいて、毒入りびんの上には金づちがセットされ、放射線量を測るガイガーカウンターと、光を出している放射性物質が置かれてる絵だ。気味の悪い絵の下には、こんな説明が書かれてる。

〈これは、オーストリアの物理学者エルヴィン・シュレーディンガーが考えた実験で、量子物理学における不思議な作用をしめしています。ネコといっしょに、原子核が崩壊する確率が五十パーセントのウランのような放射性物質を、箱の中に入れます。これは、放射性物質から放射線が出る確率が五十パーセントある、という状態です。ガイガーカウンターが放射性物質を検知すると、金づちが毒入りのびんをこわすしくみになっています。毒ガスが発生するとネコは死にますが、量子物理学では箱を開けてなかを見るまでは、原子が崩壊する、崩壊しないという両方の状態が存在するといいます。つまり、箱のなかのネコは死んでいながら生きているのです！〉

世界でいちばんひどいペットの飼い主による、このおかしな実験を理解しようと頭をふってみた。どうしたら、ネコが死んでいながら生きていられるんだろう？　説明のつづきを読もうとしたら、ウェスリーに本をとりあげられた。ウェスリーがとなりに、ドスンとすわりこんだ。

「よお、まぬけ」

ウェスリーは、パパの本の絵をのぞきこんだ。

「課題に、これをやるつもりか？　先生が、放射能ゾンビネコをつくらせてくれるわけないだろ。カモノハシの解剖でも許してもらえなかったんだぜ」

ウェスリーはベンジャミン先生のまねをするために、わざとらしく左まぶたをピクピクさせた。

「ウェスリー、カモノハシは天然記念物なんです。かわいらしいオーストラリアの動物を切りきざむなんて、許しませんよ」

ウェスリーは、不満そうな声でいう。

「あいつらは、毛むくじゃらの変わり種じゃないか。ひれ足はカワウソみたいだし、しっぽはビーバーみたいだし、電気を感じるくちばしは突然変異のアヒルみたいだし。この地球を乗っとりにやってきたおかしなエイリアンにちがいないって、オレはにらんでる。だから先生は、真実を知られないために切らせてくれないんだ」

これって、いままでウェスリーから聞かされてきたなかでいちばんバカげてる話とまでは行かない。ぼくがクラックソープ小学校に転校してきたときに、ウェスリーから聞いた話はこうだったから。学校の先生はみんな地球外生物のトカゲが変身してて、生きつづけるために人間の血を飲んでるんだ……。

話を小耳にはさんだベンジャミン先生は、もしわたしが変身した地球外生物のトカゲだとしたら、教師として働いているわけないでしょ、とウェスリーに指摘した。それから、もしまた同じ話をしたら、その週はずっと居残りさせますからねともいった。たちまちウェスリーは、吸血エイリアン先生の話をしなくなった。

「科学研究の課題は、なににするのさ？」

話題を変えるためにウェスリーに聞いてみた。ウェスリーは、うなるようにいう。

「先生にいわれて、またこしょう草を育ててる。一年生のときから毎年同じって、どうよ？　でも今年は、ちょっとした計画があるんだ」

ウェスリーはぎらりと目を光らせ、身を乗りだしてきた。

「あした、科学見学に出かけるだろ。そこでカモノハシの真実をあばくつもりだから、おまえも手伝えよ、なっ？」

いやな予感しかしない。あした、六組のみんなはベンジャミン先生に連れられて、クラックソープ自然史科学博物館へ行く予定だ。キランの話では、この五年間、ずっと同じだって。

博物館とは名ばかりで、古いがらくただらけの大きな一軒家らしい。もともと、モンタギュー・ウィルクスという名の、ヴィクトリア時代の探検家が住んでいた屋敷だ。モンタギューがオーストラリアで見つけ、手あたりしだいに送ってきたものを展示してある。まえに、インターネットで博物館のウェブサイトを見たことがあるけど、そのほとんどが動物のはく製だった。カモノハシみたいなものがあるのにも、気づいてた。だから、それがウェスリーの計画に関係があるのかもしれないと、とてもこわくなった。

「ええっと、あしたは博物館に行けないと思う。きのう、母さんのお葬式があったから……」

ウェスリーのげんこつが、ものすごいいきおいで、ぼくのうでに飛んできた。

「痛いっ！」

「あした、オレの手伝いをしたほうが身のためだぞ」

ウェスリーが、おどしてくる。

「わかってるだろうな。それに、母親のことをいいわけにできると思うなよ。母親のいない子どもなんて、ごまんといるんだ。同情を引こうたって、むだだぜ」

ウェスリーは、おじいちゃんとおばあちゃんの三人で暮らしてる。キランの話では、お母さんはウェスリーが三年生のときに、スペインのコスタデルソルという場所へ行ったきり、帰ってこないらしい。けど、少なくとも夏休みには会ってるそうだ。

地理と歴史の本棚のうしろから、図書室の忍者みたいにフォレスト先生がいきなり姿をあらわして、声をかけてきた。

「あららら、どうしたのかしら？」

うたがわしげな顔つきで、先生がウェスリーに話しかける。

「ウェスリー、教室をぬけだしてなにをしてるの？」

「ベンジャミン先生にいわれて、アルビーのようすを見にきただけですよ」

ウェスリーは立ちあがりながら、ぼくのひざに父さんの本を落とした。

「だって、ほら。母さんのこととか、いろいろあったから」

「アルビー、だいじょうぶ？」

フォレスト先生は開いたままの本を見ながら、聞いてきた。

「探しものは見つかったのかしら？」

ウェスリーにやられたうでの痛みを感じながら、ネコの絵を見つめる。半分生きて、半分死んでるゾンビネコを。シュレーディンガーのおかしな実験が、母さんを見つける手助けになるなんて、見当もつかない。量子物理学は、ほんとうにややこしい。じっくり考えなきゃいけないのに、学校じゃ無理そうだ。このままだと、ウェスリーに痛い目にあわされながら、ばかげた悪さの片棒をかつぐはめになる。痛みを追いはらうのに頭がいっぱいで、なにも考えられない。ここから逃げださないと。

「先生、だいじょうぶか、わかりません」

目にうかんだなみだをぬぐいながら、鼻をぐすんとさせた。

「家に帰りたいです」

ジョーおじいちゃんにむかえをたのむ電話をかけるため、フォレスト先生と職員室へ歩いていくうしろから、ウェスリーが声をかけてきた。

「また、あしたな」

ふりむいたら、ウェスリーが手をげんこつにして声を出さずにいった。

「さもないと……」

04章

悲しみを乗りこえるために

ジョーおじいちゃんと家にもどると、お昼ごはんを食べなさいといわれ、ぼくはキッチンテーブルにすわった。

「アルビー、食べて体力をつけないとな」

おじいちゃんは、くつの中じきをかりかりに焼いたみたいな物体を片手なべからかきあつめて、お皿にのせた。

「こいつを食べれば、もとどおり元気になるさ」

目のまえにあるお皿を見つめる。火事で焼けた肉屋の、現場検証の風景みたいだ。

さっき、おじいちゃんは冷蔵庫から、ソーセージとベーコン、牛の血を固めてつくったブラックソーセージをとりだしてた。片手なべにはベイクドビーンズもたっぷり入ってたはずなのに、お皿にのっているものすべてが、原型をとどめないほど真っ黒こげになってる。焼いた指みたいなものを、フォークでつついてみた。フォークはおしもどされ、真っ黒な表面には傷すらつかない。ソーセージじゃなくて、フッ素樹脂で加工された片手なべそのものみたいだ。

　こげた食べものには、発ガン性があるらしい。つまり、ガンの原因になるということだ。このソーセージを食べたら、ぼくの体の細胞が突然変異を起こしてガンになり、つぎからつぎへとガン細胞がふえる。手おくれになるまで、気づかないかもしれない。母さんみたいに。

　だから、お皿をおしやった。危険をおかしてまで、食べたくない。

「ほら、アルビー。いい子だから、残さず食べなさい」

　おじいちゃんの声から、ぼくを心配してくれてるのがわかる。でも、首をふるのをやめられなかった。

「母さんは、いつもサンドイッチをつくってくれたんだ」

ぼくは、おじいちゃんに話した。おじいちゃんはため息をつくと、キッチンテーブルのいすを引きよせて、となりに腰をおろした。

「焼きすぎたかな」

テーブルの下でひざを曲げようとして、おじいちゃんは顔をしかめた。

「すまんな、アルビー。食べたければサンドイッチをつくってやるが、時間がかかってもいいか？」

おじいちゃんに悪い気がして、また小さく首をふった。

「いいよ、おじいちゃん。ベイクドビーンズだけ食べるから。たまには、こういうのもいいよね」

ジョーおじいちゃんはもういちど、ため息をついた。

「このところ、変化がありすぎたし、どれもいい話じゃなかったからな」

母さんが死んだあと、牧師さんがお葬式の相談をするために家を訪ねてきた。いつものように、父さんとおじいちゃんの意見は、ことごとく対立したんだ。お葬式のときにかざる花や讃美歌、そして音楽も。パパがビートルズの『アクロス・ザ・ユニヴァース』を流したいというと、おじいちゃんは讃美歌の『すべては美しくかがやき』を流さないと正式なものにならないといいかえした。とうとう牧師さんは、お葬式をはじめるときは『すべては美しくかがやき』にして、終わりは『アクロス・ザ・ユニヴァース』にしましょうと話した。

そんなの、どっちでもいいのに。母さんとの思い出の曲は、いつもキッチンでいっしょにおどっていたときのものだ。それを、お葬式で聞きたいとは思わなかった。もう母さんはいないって、思いしるだけだから。

帰りぎわに、牧師さんから小さな冊子をわたされた。表紙には悲しそうな顔のウサギの絵があって、『ウサちゃんのママが死んだとき』と書かれてる。絵本を読む年じゃありませんと牧師さんに話したら、かわりに大人用をもらった。表紙には『悲しみを乗りこえるために』とあって、身近な人が死んだときにいだく、すべての感情について書かれてた。この本によると、人は悲しみを五段階で乗りこえるという。

1. 否認

父さんは、この段階からまだ動けずにいる。炭鉱の地下深くにある研究室にこもって、なにも問題がないふりをしてる。実際はちがうんだから、そんなふりなんかしないで、問題を解決する手助けをしてほしいのに。

2. 怒り

ジョーおじいちゃんは、この段階だ。だから、父さんと口げんかばかりしてる。きのうは、おじいちゃんが父さんに、LHCで働いたせいで母さんが病気になった、と話してるのが聞こえてきた。放射線を出す物質にかかわりすぎたせいで、ガンになったにちがいないって。そんなのありえないと父さんはいったけど、おじいちゃんは父さんを責めつづけてた。ジョーおじいちゃんが、こんなふうに人を責めるのをはじめて聞いたから、この段階にあるんだとわかった。

3．取引

母さんからガンだと打ちあけられたときは、これだった。学校に行くときに道のひび割(わ)れをふまなければ、母さんはだいじょうぶだと思ってた。流れ星を見られたら、母さんのガンが消えると思ってた。願かけをして、願いをかなえようと必死になってたけど、なにひとつ役には立たなかった。

4．気持ちの落ちこみ

学校のみんなには、この段階だと思われてる。けど母さんが死んでから、ぼくはいちども泣いてない。だって、悲しむのは時間のむだだし、もとの生活にもどることに気持ちを向けなきゃいけないから。

5．受容(じゅよう)

冊子によれば、これが最後の段階だ。死んだ人が帰ってこない現実(げんじつ)を認(みと)めることだと書かれてる。でも実際のところ、母さんが生きているパラレルワールドがあると父さんが教えてくれてから、ずっと、どうしたら母さんに会えるんだろうという考えで頭がいっぱいになってる。

ベイクドビーンズを口いっぱいにおしこむと、顔をしかめてお皿をおしやった。

「あまりおなかがすいてないんだ」

「じゃあ、サンドイッチをつくっておくよ」

ジョーおじいちゃんは、かべ時計を見ていった。

「もう少ししたら、テレビでおもしろい映画をやるぞ。『バック・トゥ・ザ・フューチャー』だ。アルビーの母さんも大好きだったな。いっしょに見よう」

週末、テレビの仕事で父さんが家にいないとき、土曜の夜はいつも母さんと映画を何本も見つづけた。『スター・ウォーズ』シリーズも、ターディスという名のタイムマシンが登場する『ドクター・フー』のドラマシリーズも、映画の『バック・トゥ・ザ・フューチャー』の一から三までも、いっきに見た。母さんは、『バック・トゥ・ザ・フューチャー』の影響で科学者になりたいと思ったそうだ。でも、タイムマシンを自分で発明できなくて、少しがっかりしたんだって。

それを聞いたぼくは笑ったけど、きのう、ジョーおじいちゃんが父さんに話してた内容を思いだした。母さんが科学者にならなければ、まだ生きていただろうっていう話を。

「母さんが病気になったのは仕事のせいだって、おじいちゃんはほんきで思ってる？」

するとジョーおじいちゃんは、申しわけなさそうにした。

「アルビー、すまんな」

おじいちゃんはめがねをはずして、目をこする。

「アルビーには聞こえてない、と思ったんだ」

おじいちゃんは、大きく息をはいた。まるで、そうして体から最後の力をふりしぼろうとしてるみたいだ。

「いいや。仕事のせいだとは思ってない。だれかの責任にしたかっただけなんだ。

シャーロットが科学者になるといったとき、すごくほこらしかったよ。身内で大学に行ったのは、あとにも先にも娘だけだった。おまけにケンブリッジ大学だものな」

おじいちゃんは、つづける。

「もちろん、勉強していた量子なんたらとかいう理論の、原子とか陽子とか、あれやこれやは、まったくちんぷんかんぷんだ。でも、ジョイスばあさんが死んだあと、シャーロットが説明してくれたことがある。裏庭に望遠鏡を出して、ふたりで星をながめたときだったよ。あの子が小さかったころ、よくしてたようにな。だが小さいころとちがって、目のまえに広がるあらゆるものについて教えてくれたよ。夜空に見える数えきれないほどの星たちは、かつては、ピンの頭の千分の一よりも小さいあわの集まりだったそうだ。ビッグバンがすべてをつくりだし、自分の実験は宇宙がどのように生まれたかを研究するものだといっていた。とほうもないことに聞こえると話すと、だれかがはじめにビッグバンを起こす必要があるんだといっていたよ」

「おじいちゃんは、母さんが天国にいると思う？」

「もちろん、そう思うよ」

おじいちゃんはめがねをかけなおして、自信たっぷりに答えた。

「天国にいるジョイスばあさんは、わしらの話を聞いて、シャーロットを見つけてくれるだろう」

おじいちゃんは顔をしかめながら、立ちあがった。

「ポップコーンを出してこようか?」

ぼくは、首をふった。『バック・トゥ・ザ・フューチャー』を見ても、母さんを見つける役には立たないから。

「おじいちゃん、映画は今度にするよ。宿題があるんだ」

05章

ぼくのユリーカ！

ぼくの部屋は、家のてっぺんにある屋根裏部屋だ。自分のものがあるけど、実際には母さんと父さんのものも置かれてる。スイスからイギリスにもどってきたとき、父さんは母さんの付きそいにいそがしかった。段ボール箱に入った荷物をかたづける時間がなくて、仕事で使うものがつまった箱がたくさん、ぼくの部屋におしこめられた。

「一時的に置くだけだから」

せまくていやだともんくをいったら、父さんにそういわれた。

「シャーロットの具合がよくなったら、ぜんぶかたづけるよ」

部屋の半分が占領されてるせいで、毎朝ぼくは、段ボール箱を乗りこえなきゃいけない。スイスに住んでたときの部屋は、この屋根裏部屋の倍はあったし、好きなように使えた。床から天井までの本棚があって、自分の本とマンガだけを入れてた。大きい勉強机には学校の宿題を広げられたし、ベッドに寝たときに見られるよう、天井には銀河系の星座がわかる大きな星図をはってた。

ベッドにすわって、屋根裏部屋を見まわした。この部屋には本棚がないから、本やマンガがあちこちに積みかさねてある。勉強机は宿題を広げるには小さいし、かべには大きい星図をはれる場所もない。はってるのは、太陽系の地図だけ。でもこれは、ぼくたち家族が引っこしてくると聞いたジョーおじいちゃんが、もとのかべ紙をかくすためにはったものでしかない。ここは、ぼくが赤んぼうのときに使ってた子ども部屋だったから、目をこらすと、おじいちゃんが大急ぎでぬったペンキの下に、クマのパディントンのかわいいかべ紙がすけて見える。

部屋の真ん中には天体望遠鏡が置いてあって、天窓から星空をのぞけるようになってる。去年の誕生日に、母さんと父さんに買ってもらったもので、危険な小惑星が地球に落ちてこないかを監視するのに役立っている。いつもネットで見てるから、小惑星の警戒情報はすぐ手に入る。用心するのに越したことはないからね。母さんの話では、恐竜が絶滅したのは巨大な小惑星が地球に衝突したせいで、宇宙には数えきれないほどの小惑星があるそうだ。そのうちのひとつが、いまも地球をめざしているかもしれないから、星空を見張りつづけなきゃいけない。

　クラックソープ村にもどってきてよかったことのひとつに、荒れ野に囲まれている村の上空が、プラネタリウムとよんでもいいくらい美しいことがある。通りに街灯がなくて、光にじゃまされないから、数えきれないほどの星を見るのに最高の条件だ。

　いちばんいい状態で夜空を見たければ、望遠鏡を家の外に出したほうがいい。けど冷たい空気は母さんのせきをひどくさせるから、屋根裏部屋にふたりならんで、星をよく見つめてた。

目をとじると、ベッドのへりにすわる母さんを思いだす。母さんは、去年のクリスマスにぼくがプレゼントした、ふわふわのガウンを着てた。病院で受けた治療のせいで、サイズふたつぶんもやせてしまってる。望遠鏡を動かして星を見ながら、そのすばらしさを母さんが話してくれた。彗星や流星、オリオン座の大星雲、アンドロメダ星雲、土星の氷の輪、木星の巨大な赤い斑点のことを。ぼくがいちばん好きなのはω星団で、銀河系のまわりをまわる一千万の星の集まりだ。じっと望遠鏡をのぞくうちに、ω星団が宇宙に群れて飛ぶホタルみたいに見えた。

夜空の星を見るのは実際には星の過去を見ているのだと、母さんが教えてくれた。ω星団は、地球から一万七千光年はなれたところにある。これは、望遠鏡をのぞくと一万七千年前の星の光を見ていることになる。ずっとまえに死んだ星があるかもしれないけれど、光はまだ地球にとどいている。地球にいちばん近い、太陽のように光を発する恒星のバーナード星でも、六光年はなれている。つまり、バーナード星の〝いま〟を知りたければ、光が地球にとどく六年後まで待たなくちゃいけない。セルンの

LHCでの実験は、数十億年前にさかのぼった宇宙のはじまりを撮影することにつながると、母さんから教えてもらった。

太陽系をとりかこんでいるといわれるオールトの雲にいる宇宙人が、とてつもなく性能のいい望遠鏡で地球をのぞいたら、ベッドにならんですわっている母さんとぼくを、天窓を通して見られるんだろうか。

目を開けて、がらんとした部屋を見まわす。いま、ぼくの目に見えるのは、母さんが残したブラックホールで、それを埋めるものはなにもない。

ひどいかもしれないけど、母さんのかわりに父さんが死んだらよかったのに、と思うときもある。インターネットの動画サイトには、父さんの映像がごまんとあるし、テレビ番組の録画もたくさんあるけど、母さんのはないから。母さんの顔を見たり、声を聞いたりするための動画を見ることはできない。

学校のかばんを開けた。いま、するべき宿題はただひとつ。母さんを見つけるんだ。

食べずにもちかえった弁当をベッドの上に置くと、父さんが書いた本をとりだしてぱらぱらとめくり、ゾンビネコのページを開いた。箱のなかで、半分生きてて半分死んでるネコの絵がある。量子物理学のしくみを理解したければ、まだ読んでいない残りの説明も読まなくちゃ。

〈といっても科学者全員が、シュレーディンガーのネコは死んでいながら生きていると信じているわけではありません。科学者のヒュー・エヴェレットは、量子の世界における原子の不思議な動きについて、まったくちがう説明をしています。「多世界理論」というもので、ネコが入った箱を開けた瞬間に世界はふたつにわかれる、とエヴェレットはいいます。ある世界のネコは生きているけれど、べつの世界のネコは死んでいる。どちらのパラレルワールドも宇宙の同じ場所に存在しながら、それぞれちがう次元にあるというのです。〉

パラレルワールドに、ちがう次元……。ぼくには量子物理学が、サイエンス・ファクトというより、サイエンス・フィクションに思えてくる。

〈多世界理論によれば、パラレルワールドは無数に存在し、それぞれの世界では自分そっくりの人間がそっくりな生活をしていますが、なにかを選択することで起こる小さな変化があります。スイスのセルンにあるＬＨＣ（大型ハドロン衝突型加速器）で研究している科学者は、実験で極小のブラックホールをつくりだすことにより、パラレルワールドの存在をつきとめられるかもしれないと考えています。〉

まさか！　そんな話、母さんから聞いてない。ＬＨＣでの実験は、宇宙のはじまりを解明するのが目的で、パラレルワールドを見つけることじゃないと思ってた。ぼくは、部屋を占領している段ボール箱を見まわしてみた。あの箱のほとんどに、母さんがセルンで使っていたものが入ってる。もしかしたら、あのなかにパラレルワールドを見つける手がかりがかくされているのかも……。

そう気づいて、そばにある段ボール箱のふたを開けてみた。はじめに出てきたのは、いかにもむずかしそうな論文が書かれた雑誌の山だった。ぱらぱらめくってみたものの、興味をもてなかったし、正直なところ、ちっとも理解できなかった。

雑誌の下からは、母さんがセルンの仕事場で使っていたものがたくさん出てきた。ひとつずつ、箱からとりだしてみる。放射線量を測るためのUSB接続式デジタル表示ガイガーカウンター、金属の球と球がぶつかる「ニュートンのゆりかご」というかざりもの、アルバート・アインシュタインの顔写真入りマウスパッド、ノートパソコンをのせる台、そしてアンモナイトの化石。

この化石は、母さんとふたりでジョーおじいちゃんの家に行った帰りに、荒れ野を歩いていて見つけた。幅三センチで、うずまき形。金色をしている。十億年前に海にすんでいた生物で、もう絶滅したと母さんから教えてもらった。母さんのためにチェーンをつけてネックレスにする、って父さんはいってた。けど、時間がなくてそのままにしてる。ぼくは、それをポケットに入れた。

二番目に開けた箱からは、コンピュータのなにかを印刷した紙がたくさん出てきた。ぼくには意味不明な、不思議な文章だらけだ。

〈ビームパイプのレベル一において放射線崩壊が活性化〉〈メインボリューム二で電離活動〉……。

なにをさしているのか、さっぱりわからない。なにを探したらいいのかも、わからない。ぼくは量子物理学者じゃないから。ただの六年生だもの。

はじめにいだいた希望へのいきおいが、みるみるしぼんでいく。母さんでも見つけられなかったのに、ぼくがパラレルワールドを見つけられるんだろうか？　けど、箱から残らず紙類をとりだしたとき、その答えになるものを見つけた気がした。いつも母さんが仕事に使っていた、革製のショルダーバッグだ。

バッグを開け、母さんのノート型パソコンをとりだした。イギリスに引っこしても仕事をつづけるつもりで、セルンからもってきたものだ。一回目の放射線治療を受けるまえに食事がのどを通らなくなったから、仕事なんてできなかったけど。

このパソコンは量子力学用の試作品で、ふつうのパソコンの何百倍も性能が高いと母さんが話してた。なにしろ、〈グリッド〉につながってるんだから。グリッドというのは、世界じゅうのコンピュータを結ぶ巨大ネットワークで、LHCのなかで陽子がぶつかってこわれるときに発生するものすごい量のデータを分析するらしい。ふつうのコンピュータなら解析するのに何年もかかるのに、母さんの量子スーパーコンピュータなら数秒でできるそうだ。

ノートパソコンを開いて電源スイッチを入れたとたん、画面が明るくなった。画面いっぱいに、数字の0と1がものすごい速さで表示されていく。あまりの速さに数字がぼやけて、ひとかたまりに見える。これが、LHCから送られてくるデータなんだ。父さんが書いた本が正しければ、このなかにパラレルワールドが存在する証拠がかくされているはず。

その瞬間、まさにこれが〝ユリーカ〟だと直感した。

科学者はおどろくような新しい理論を考えつくと、「ユリーカ!」とさけぶ。これは、二千年以上前の古代ギリシャ時代の科学者、アルキメデスの言葉からはじまったそうだ。アルキメデスは湯船につかっているときに、すばらしい考えを思いつくと、はだかのまま、「ユリーカ！」とさけびながら走りまわったらしい。古代ギリシャ語で「見つけた！」という意味かもしれないし、「寒くてたまらん！」という意味かもしれない。

クラックソープ村をはだかで走りまわりはしないけど、段ボール箱とチカチカ光るノートパソコンの画面を見たとき、すばらしい考えを思いついたんだ。

父さんは自分のテレビ番組で、科学者があるものを見て「これを少し変えたら、どうなるだろう」と考えたときに、科学の偉大な発見が生まれるといってた。

それが実験というものなんだって。

シュレーディンガーのネコをパラレルワールドに送りこめるとして、放射性ウランとガイガーカウンター、毒を入れたびんと段ボール箱を用意して、ネコのかわりにぼくが入ったらどうなる？　死んだ状態でパラレルワールドに行くのはいやだから、毒を使うのはやめよう。母さんのＵＳＢ接続式デジタル表示ガイガーカウンターはある

けど、この部屋に放射性ウランはなさそうだ。でもそのとき、食べずにもちかえった弁当に気づいた。

弁当の中身は、チーズとピクルス入りのサンドイッチに、スナック菓子とバナナだ。バナナは放射性物質だと聞いたことがある。キッチンのくだものかごにバナナがあれば、放射線を出している可能性がある。でも、心配はいらない。バナナを食べたら色あざやかな緑色に変わる、っていう意味じゃないから。ゾンビに突然変異するためには、バナナを五百万本食べなくちゃいけないから。

リンゴとかナシとかのよくあるくだものには、ビタミンと同じように自然放射性物質というものがふくまれている。バナナには、カリウム40がある。バナナの原子が崩壊、つまりくさるときに、ガンマ線を出す可能性が十パーセントあるらしい。

ベッドの上にあったバナナをノートパソコンのとなりに置き、ガイガーカウンターと段ボール箱を床に置いた。バナナが放射線を出す可能性が十パーセントあるとして、父さんの本に書いてあったとおりなら、世界はふたつにわかれるはずだ。ひとつの世界では、バナナにはなにも起こらず、もうひとつの世界では放射性のガンマ線が出るだろう。ガイガーカウンターを母さんの量子コンピュータにつないでおけば、世界がふたつにわかれるときに、もうひとつの世界への道につながるかもしれない。

　ぼくは、これを「バナナ量子論」と名づけることにした。

　入りやすいように箱を横向きに立てると、ガイガーカウンターのＵＳＢプラグをノートパソコンにさしこんだ。その状態で、ガイガーカウンターとパソコン、バナナを段ボール箱に入れる。

　箱のなかをのぞいたら、ガイガーカウンターのデジタル表示が、大きな太い字でゼロＣＰＭをしめしてるのが見えた。ＣＰＭというのは、一分間に通過した放射線の数をしめす単位だ。放射線が高くなればなるほど、ガイガーカウンターの数字もふえていく。だから、バナナはまだ、くさりはじめていない。さあ、実験をはじめよう。

　段ボール箱に入ろうとしたとき、小さな心配が頭にうかんだ。父さんのテレビ番組では、たくさんの科学者が自分の体を使って実験してたけど、いい結果が出るとはかぎらなかった。ベンジャミン・フランクリンは、雷が電気と同じものだという理論を証明するために、雷のなかで凧をあげる実験をした。雷が凧に落ちて流れた電流のせいで、フランクリンがひどく感電した結果、自分の理論が正しいと証明したんだ！ロケット動力付きのそりに自分の体をくくりつけて、音より早く走ったときになにが起こるのかを実験した人は、あやうく目玉を落としそうになった。

ぼくが実験台になるのは、かなり危険だ。箱のふたが閉まったままで実験結果を知るには、どうしたらいいんだろう？　バナナ量子論をたしかめる安全な方法を考えださなくちゃ。

このとき、二度目のユリーカに出くわした。けっきょくのところ、シュレーディンガーの考えが正しかったんだ。ぼくが放射線を出すバナナ入り段ボール箱に入るまえに、まずはネコで実験しよう。

06章 実験のゆくえ

ぼくが飼ったことのあるペットはハムスターだけで、ホーキングという名前だった。クラックソープへもどる埋めあわせに、母さんと父さんからプレゼントされた。父さんが名づけたけど、ぼくはホーキーってよんでた。そっちのほうがかっこいい感じがしたから。

でも、かわいそうなホーキーは、ネコのディランに食べられてしまった。裏庭に置いたサークルのなかで遊ばせてたとき、ほんの一瞬、目をはなしただけなのに、ふりむいたときには、垣根を飛びこえてきたディランがくわえて逃げるところだった。ぼくのさけび声を聞いてかけつけてきた母さんが助けようとしたけれど、間に合わなかった。

皮肉な話だけど、母さんのときよりホーキーが死んだときのほうが、たくさん泣いたんじゃないかな。でも、母さんよりもハムスターが好きだったわけじゃない。正直なところ、寝てるときにカタカタ音を立てて、まわし車に乗ってたのには、うんざりするときもあったから。ゆうゆうと芝生を歩きさるディランを見ながら、ぼくがなにもできないのを痛いほどわかったせいだと思う。でも、いまはちがう。

となりの家には変わり者のおばあさん、キャリントンさんが住んでる。その家のネコがディランだ。草むらにかくれているディランが、いつ飛びかかってくるかわからないから、うちの裏庭にはめったに鳥が来ない。キャリントンさんの家の裏庭のとびらには「ネコに注意」っていうふだがついてるけど、スズメは字が読めないから、歯にはさまった羽をとりながらディランがうろつく芝の上には、トマトケチャップみたいなしみがついてる。

ディランには、反社会的行動禁止命令が村からいいわたされてる。だから、火曜日の朝にごみ収集の人が仕事をするあいだは、家のなかにいなくちゃいけない。そもそも、リサイクル用ごみ箱の上で寝ていたディランが、ごみ収集の人をつめで引っかいたせいだ。キャリントンさんはうちにぐちをいいに来て、「ディランに自由を」という嘆願書に署名してほしいと、父さんと母さんにたのんだ。でも父さんは、母さんを病院へ連れていくところだったから、署名よりも大切な用事があるんですと断った。

アメリカの航空宇宙局のＮＡＳＡが月にロケットを飛ばそうと決めたとき、過酷な旅にたえられそうな屈強なテストパイロットが選ばれたという。バナナ量子論の実験にネコを使うなら、ディランはぴったりだ。問題は、ディランをどうやって段ボール箱に入れるかだけど。

ベッドのわきに積みかさねてある本のてっぺんに、『スネーク・メイソンのサバイバル手引書』という大好きな一冊が置いてある。冒険家のスネーク・メイソンが、世界じゅうを旅しながらサバイバル術を有名人に教える、『サバイバルの達人』というテレビ番組からできた本だ。人気歌手にワニとのとっくみ合いを教えたり、超有名なサッカー選手といっしょに毒ヘビをつかまえたり、トラに食べられそうになった人を助けたりしてる。ディランをつかまえたあとも、ぼくは生きていたいから、スネークの本に書いてある教えを守らなくちゃ。

ページをめくるうちに、ベンガルトラをつかまえるための落とし穴をほる方法を見つけた。地面に深い穴をほり、えだや葉を上にかぶせて気づかれないようにしておく。ジャングルを歩くベンガルトラが穴の上を通ったとき、わなに落ちるしかけだ。スネークは本のなかで、危険な大きいネコをつかまえるのにいちばんいい手だといってる。裏庭に穴をほり、えだや葉でかくして、いつものようにディランがうちの花壇におしっこをしにくるのを待っていれば、わなに落ちるはず。でも、ジョーおじいちゃんに見つからずにやれるなんて、とても思えない。芝生をほりおこしたら、父さんにこっぴどくおこられるだろうし。

すると、スネークおすすめの、第二の方法が目にとまった。

〈危険なトラをつかまえるには、においでおびきよせるといい。わなの穴にはイノシシ、ヤギ、シカを入れておく。〉

イノシシ風味のキャットフードなんてないし、家の近くでヤギとかシカがいる場所といえば野生動物公園くらいだ。でも、ディランを段ボール箱におびきよせるのに使えるものが、キッチンにあるかもしれない。

階段をおりていくと、ジョーおじいちゃんのいびきが聞こえてきた。リビングをのぞいたら、肘かけいすにすわったまま、口を開けてぐっすり眠ってる。テレビでは、〝天才科学者のブラウン博士〟ことドクが、主人公のマーティにタイムマシンのデロリアンを説明する場面が流れてる。これなら、ポップコーンのかわりにキャットフードを探してる理由を、おじいちゃんに説明しなくてすみそうだ。

学校でペットについて勉強したとき、ネコには食べられないものがたくさんあると教わった。チョコレート、チーズ、ガム。ぼくがそう書いたら、ベンジャミン先生からABC評価のCをつけられたけど……。たくさんありすぎて覚えきれないから、ディランの体に害のないネコ用おやつを戸棚で探した。バナナ量子論の実験台になるまでは、元気でいてもらわなくちゃ。

シリアルの箱がならべてある奥に、探しものを見つけた。おもしろネコの写真が箱に印刷された、チキン風味のキャットフードだ。妹のところへ行くといって、キャリントンさんが数日家をあけたことがあった。そのときにたのまれて、ディランを預かった母さんが買ったものだ。ところが、そのあとホーキング事件が起きたから、母さんはディランを預かるのはちょっと……、とキャリントンさんへ伝えた。するとキャリントンさんは、ハムスターを裏庭で走らせたのが悪い、ディランはハムスターじゃなくてネズミだと思ったんじゃないかと、母さんにつめよった。それきり、ふたりはほとんど話をしなくなった。

箱には、「おいしいおやつを食べると、おもしろネコに変身しちゃうよ。箱をふったらネコまっしぐら！」とある。ぼくの計画どおりにディランをおびきよせられるくらい、おいしいといいんだけど。

いったん部屋にもどって、必要なものがあるべき場所にあるかをたしかめた。部屋に来たディランがまっすぐ入るように、段ボール箱を立てたままにして、ドアのほうへ向ける。箱の奥にはガイガーカウンターにつながっている母さんのノートパソコン。そのまえには、バナナが立てかけてある。準備は、すべて整った。ぼく以外は。

だって、ぼくの身を守るものもつけないで凶暴なディランをつかまえるなんて、どう考えてもむちゃだ。インドのスンダルバンス国立公園でスネーク・メイソンが肉食のトラをつかまえたときは、迷彩柄の防護服にヘルメット、背中には顔を描いてた。トラは、うしろから攻撃してくるから。間に合わせに庭仕事用の手袋をはめ、ふたまわりも小さくなった自転車用のプロテクターをつけ、ハロウィン用のおそろしげな顔をしたピエロのかぶりものをうしろまえにかぶった。おかしなかっこうだけど、ディランのつめから身を守るためには気にしちゃいられない。

手袋をはめた手でキャットフードの箱をもち、裏庭に出た。ディランをおびきよせるために、道すじをつける準備は万全だ。

わくわくする気持ちのあわが胃のなかではじけるせいで、小さなげっぷがしょっちゅう出てくる。うまくいけば、母さんを見つける目標に一歩近づける。

庭の小道がはじまるところに、ひとつめのキャットフードを置いてみた。このすぐわきには小屋というか、父さんが〝作業場〟とよんでた建物があるけど、最近はちっとも寄りつかず、地下の研究室にこもってる。小道のわきにある花壇には、よくディランがかくれてる。知らずに庭に舞いおりてくる鳥を待ちぶせしては、飛びかかっていくんだ。

でもいまは、ディランがかくれている気配はない。バラのしげみで、ハチがブンブン飛ぶ音しか聞こえない。ところでスネーク・メイソンによれば、ジャングルでは音がなにも聞こえないときがいちばん危険らしい。強いけものがうろついているせいで、ほかの動物たちがすでに逃げさった証拠だから。

ハチの羽音がやんだ。危険を察知する第六感が働いたから、ぼくはふりかえってみた。すると小屋のまえに、こちらに飛びかかろうとしてるディランが見えたんだ。

ぼくがそのまま、ゆっくりうしろにさがると、ディランは小道に置かれたキャットフードに気づいた。こういうとき、ふつうのネコなら食べたいより、逃げたいと思うだろう。けど、ディランはそう考えずに、いったん身がまえてからキャットフードに飛びついた。一瞬で、キャットフードはなくなった。

ディランは舌なめずりをしながら、ぼくを見た。近づいてくる姿がどうどうとしていて、自信たっぷりに見える。自転車用のプロテクターの下で、ぼくの心臓はバクバクしてる。

またうしろにさがりながら、「いい子だね」とディランに声をかけた。箱をふって、手袋をはめた手の上にキャットフードを出す。箱に書いてある説明によると、キャットフードはひとつ三グラムで、一箱には六十グラム入ってる。ひとつあげたから、残りは十九個。ここから自分の部屋までは三十メートルくらいだから、計算すると一メートル半ごとにひとつ、ディランにキャットフードをあげていけばいい。

裏庭の小道からキッチンを通りすぎて、ジョーおじいちゃんのいびきを聞きながら、キャットフードをひとつずつ置いて、階段をあがっていった。ディランはすばやくあごを動かして、たいらげていく。ぼくは箱が軽くなっていくのを感じながら、ついにディランを屋根裏部屋まで連れてきた。段ボール箱のなかまでおびきよせるだけのキャットフードが残っていますように。

段ボール箱からは、ノートパソコンの画面が明るく見える。数字の1と0がぼんやり光を放ち、ガイガーカウンターを照らしてる。バナナが放射線を出す目印の、カリカリという音は聞こえない。箱をふって、手のひらにキャットフードを出してみた。残りは、あとふたつ。

部屋のドアを閉めると、ディランはぴたりと動きをとめ、毛を逆立てた。こうしてぼくは、凶暴なネコと自分の部屋にとじこめられた。

ふるえる手を開き、ディランにキャットフードを見せる。ぼくは手首をすばやく動かして、段ボール箱にふたつとも投げこんだ。

たちまちディランは、すごいいきおいで箱に飛びこんだ。急いで箱のふたを閉め、全体重をかけておさえ、なかにとじこめられたと気づいたディランが、はげしく抵抗するときにそなえた。

箱からは、ガイガーカウンターのカリカリというかすかな音につづいて、ミャオウという困ったような声が聞こえた。それから、宇宙船の気密室のドアから閉めだされたときみたいに、鳴き声がしゅっと消えた。

そのまま、しばらく待ってみる。ディランがのどに、カエルか、ハムスターをつまらせているだけかもしれない。死んだふりをして、箱が開くのを待ちかまえているのかも。

でも、なんの音も聞こえてこなかった。ガイガーカウンターが立てる小さい音さえも。

ぼくは緊張しながら段ボール箱のふたをゆっくり開け、ディランがつめをむきだしにして飛びだしてくるのを待ちかまえた。けど、箱のなかにはノートパソコンとバナナとガイガーカウンターしかない。ネコの姿は、なし。ディランは消えたんだ。

　これがなにを意味するのかを、ぼくの脳みそがいっしょうけんめい理解しようとしてる。シュレーディンガーがネコを放射性ウランと毒入のびんといっしょに箱に入れると、ネコは死ぬのか、生きるのか両方の確率があるとともに、死にながら生きているかもしれないとわかった。けど、ディランが放射線を出すバナナのせいで消えたのでなければ、いま起きていることを説明できるのは、ただひとつ。「バナナ量子論」がうまく働いて、ディランはパラレルワールドに行ったってことだ。

　箱をのぞきこむと、ノートパソコンの画面が数字の1と0を表示しつづけてる。興奮しすぎて、頭がどうにかなりそうだ。この箱はもう、ただの箱じゃなくて、ほかの次元へ行くドアになったんだ。ドアのむこうの世界では、母さんが待っているかもしれない。

　もう、まよわない。さあ、もういちど実験しよう。今度は、自分の体を使って。ぼくは箱にもぐりこむと、ひざをかかえて体をちぢこませた。きゅうくつだけど、どうにかなった。手をのばして、箱のふたを内側からとじる。あとは、バナナが放射線を出して、世界がふたつにわかれるのを待つだけだ。

ドラマの『ドクター・フー』でタイムマシンのターディスが出発するときみたいに、ぼくのおなかから、うなるような音がしてきた。緊張のせいかもしれないし、お昼ごはんをろくに食べなかったせいかもしれない。ノートパソコンの画面に照らされて、バナナがガイガーカウンターに立てかけてあるのが見える。まだおなかが鳴ってるけど、実験道具を食べるのはまずいだろう。

宇宙飛行士が、ロケット打ちあげのカウントダウンを待つような気分だ。緊張しすぎて、アドレナリンが体じゅうをかけめぐる感じがするけど、じっとすわってるしかない。

一階では、ジョーおじいちゃんが映画（えいが）『バック・トゥ・ザ・フューチャー』の画面をまえに、居眠り（いねむ）してるだろう。地下の研究室では、父さんが宇宙のなぞを解（と）く研究をしながら、なにも問題ないふりをしてるはず。そして、ぼくは？　ちゃんと行動してる。もういちど、母さんを見つけるために。

そのとき、カリカリという音が聞こえた。くさりはじめたバナナから放射性物質が出て、ガイガーカウンターが反応している証拠だ。世界がふたつにわかれるのを、緊張しながら待ちつづける。SF映画を山ほど見てきたせいで、箱がガタガタとふるえて光りかがやくみたいな、ものすごく感動的な特殊効果を期待してた。けど、母さんのノートパソコンからビーッという音がして、カリカリという音が止まっただけだった。

これで、おしまい？

おそるおそる箱のふたを開けて、外のようすをうかがった。天窓に向けてある望遠鏡がある。本の山やマンガ本、段ボール箱でちらかっている部屋が見える。ぼくは体から力がぬけるのを感じながら、箱から出た。

なにも変わってない。勉強机と回転いすがあり、まくらもとのかべに太陽系の地図がはってある。成功しなかったんだ。

なみだがあふれてくる。父さんは、まちがってた。量子物理学なんて、くずだ。パラレルワールドは存在しない。世界はひとつしかない。母さんもひとりだけ。もうにどと、母さんには会えない。

腹立ちまぎれに目をこすったとき、なにかがちがうのに気づいた。

かべにはってある太陽系地図には左から順に、水星、金星、地球、火星、木星、土星、天王星、海王星と、八つの惑星がならんでいるはず。でも、惑星が九つもある。目をこすりすぎたせいだと思って、頭をふってみた。けど、もういちど見ても、やっぱり火星と木星のあいだには知らない星がある。

まさかと思いながらも、地図をじっくり見た。火星と木星のあいだにあるのは惑星ではなく、小惑星帯のはず。それなのに、明るいむらさき色の惑星がある。星の名前も書いてある。ケレス星と。

この意味を理解すると、ぼくはにっこり笑わずにはいられなくなった。父さんの本には、パラレルワールドにはほんのわずかなちがいがある、と書かれてた。太陽系に新しい惑星があるのが、そのちがいなんだ。バナナ量子論は正しかった。パラレルワールドへ来たにちがいない。

「なんだ、おまえ……」

自分の声がしたから、ふりむいた。目のまえに立っているのは……、ぼくだ。同じ顔、同じ髪型、同じ学校の制服。鏡を見てるようだけど、目のまえのアルビーは自転車用のプロテクターと庭仕事用の手袋をつけてないし、ハロウィン用のおそろしげな顔をしたピエロのかぶりものをうしろまえにかぶってはいない。

ぼくが何者で、どうやってほかの世界から移動してきたのか、これで万事うまくいくことなどを説明しようとして口を開いた。

まさにそのとき、もうひとりのアルビーに顔をなぐられたんだ。

07章

クローン人間

近代物理学者(ぶつりがくしゃ)のアイザック・ニュートンは、万有引力(ばんゆういんりょく)の法則(ほうそく)を思いついた。実際(じっさい)には、思いついたというよりも、発見したんだけど。木の下で考えごとをしていたとき、木から落ちたリンゴが頭にコツンとあたった。たいていの人は「痛(いた)い！」とか、「なんで、この木の下にすわっちゃったんだろう？」って考えるだけだろう。でも、アイザック・ニュートンは科学者だから、どうしてリンゴが上に向かわず、下に落ちるのかと、不思議に思ったそうだ。

ニュートンは、リンゴが落ちるのは引力のせいだとつきとめ、物体がどのように動くかを科学的に説明する「運動の三つの法則」を生みだした。それがニュートン力学で、そのなかの第三の法則は、作用・反作用ともいわれる。力が働くときにはかならず、ふたつの物体がたがいに力をおよぼしあうそうだ。だから、この世界のアルビーに顔をなぐられたぼくは、床にたおれこんでしまった。

けど、もうひとりのアルビーになぐられたからじゃない。なぐられたことにおどろき、あとずさりしたせいでマンガ本の山につまずいたんだ。机のかどに頭をぶつけ、気をうしなった。

気づくと、回転いすにガムテープでぐるぐるまきにされ、この世界のアルビーからコンパスをつきつけられてた。その表情からすると、勉強のためにコンパスを使うつもりじゃなさそうだ。

「おれの部屋で、なにしてる?」

もうひとりのアルビーが、コンパスでつつくしぐさをしながら、おどしてきた。

この世界のアルビーに、量子コンピュータとガイガーカウンターとバナナが入った段ボール箱を使って、ほかの世界からやって来たんだ、と説明しようとした。すべてをもとどおりにするために、母さんを探しているんだ、とも。となりの家のネコを見たかどうかも聞きたかったのに、ガムテープで口をふさがれてるから、「ムムムグフグフムー！」としかいえなかった。

口と同じように、うでも足も、ガムテープでいすにしばりつけられてた。自由になろうともがいたら、いすがぐるぐるまわって、床にころがった。

この世界のアルビーがコンパスを向けながら、こわいほど近づいてきたから、重要な臓器もそうでもない臓器もひっくるめて、ねらわれてる気がした。LHCで原子がまわるよりも速く、心臓がドキドキしてる。まあ、実際はそこまで速くはないけど。もしそんなに速かったら、心臓発作を起こしちゃうし。けど、ものすごく興奮してたから、そのくらいに感じてた。

コンパスをつきつけられてるのが、こわいわけじゃない。自分と同じ顔をした人間に見つめられるのは、ほんとうにおかしな気分だったから。

毎日、自分が鏡で見る顔は、ほかの人から見える顔と同じじゃないはずだ。だって、鏡のなかの自分は左右が逆になっていて、右側のほっぺたにきびがあれば、左側のほっぺたにあるように見えるから。試しにやってみたらいい。本を鏡に映すと、文字が左右逆さまに見えるだろう。

ぼくは生まれてはじめて、自分が人からどう見えているのかを知ったんだ。正直なところ、気味が悪かった。

この世界のアルビーは性格が悪そうだから、略して〝悪アルビー〟とよぼう。同じ緑色の目に、同じ濃い茶色の髪の毛。同じ形の口と鼻、おまけにほっぺたの同じ位置にほくろまである。鏡では見られない、顔の細かいところまでわかる。耳のなかとか、あごの下とか……。なにからなにまでそっくりなのに、悪アルビーはぼくとちがって、いじわるそうだ。

「おまえの正体を知ってるぞ」

ぼくの口にはりつけたガムテープを引きはがしながら、悪アルビーがおどすようにいう。

「クローン人間だ」

「ええっ!?」

すぐに訂正しなくちゃと思いながらも、ガムテープといっしょに顔半分がはぎとられてないかをたしかめるのに必死だった。

「去年、おやじがしてた、秘密の研究なんだろ?」

悪アルビーがいう。

「常温核融合にとりくんでるとかいってたけど、ほんとうはおれのクローンをつくってたんだな」

悪アルビーがぶつぶつしゃべるのを聞くうちに、気持ちが悪くなってきた。パラレルワールドを移動したときの反応が、おくれて出てきたのかも。ぼくは、床にはいてしまった。

「うわ、やめろ! マンガの上には、はくな」

マンガ本にはいたのは、たまたまだった。そうされて困った悪アルビーは、ぼくの体をしばっていたガムテープをはずした。ベッドにすわったぼくにタオルをよこすと、悪アルビーもぼくのベッドにすわった。この世界では、悪アルビーのベッドだけど。ぼくを見つめたまま話をする。

「もう、はかないだろうな？　おやじに飲まされたクローン薬のせいだろ？」

まだすごく気持ちが悪かったけど、返事をしながら首をふった。

「ぼくはクローンじゃない」

悪アルビーは、苦い顔で笑う。

「ぜったいにクローンだ。見た瞬間に、ピンときた」

ぼくの部屋のかべには、鏡がある。顔をあげてみたら、この世界にも鏡があった。鏡のなかの自分が、となりにいる悪アルビーを見てる。鏡のなかに、そっくりなぼくがふたりいる。

「よお、おやじの計画はなんだ？」

悪アルビーが聞いてきた。

「ほんものを追いだして、幸せな家族を新しくつくるつもりか？　おれを誘拐し、入れかわって、かんぺきな息子を演じるんだろ？　いろんなテレビ番組に出る科学者のスーパースターには、おれみたいな息子はお荷物だものな。ジェット機でホワイトハウスに行っているあいだ、息子を、このさえない村にとじこめるだけじゃたりないっていうのか？　このまえ学校で居残りさせられたあと、おやじは先生から最終警告を受けたって聞いてた。けど、まさかクローンととりかえるとは思ってもみなかったぜ」

悪アルビーのふざけた想像を聞くうちに、頭がくらくらしはじめた。パラレルワールドに来たのに、科学者のスーパースターの父さんは変わりばえしないみたいだ。けど、誘拐とか、クローンなんていう話は、どう考えてもバカげてる。

あれ、そういえば……。

「ホワイトハウスって、どういう意味？」

「はあっ?!」

悪アルビーは、世界一頭の回転が悪い相手と話をするみたいに、いやな顔をした。

「クローン薬のせいで、脳みそがおかしくなったか？　アメリカの大統領が住んでる場所だ」

悪アルビーはスマートフォンをとりだすと、画面を指で操作した。

「ほら、見ろ。何時間かまえに、おやじがネットに書きこんだやつだ」

SNSの自己紹介画面には、父さんの顔写真があった。

ツィート	4,572
フォロー	314
フォロワー	613,000,000
いいね	37

悪アルビーが、父さんの最新発言をタップして、画面に表示させた。

> ベン・ブライト　2時間
> @DrBenBright
>
> クルーズ大統領と面会し、常温核融合の次世代化学反応装置をアメリカでも制作すると発表しました！　#C.E.B.基金

その下には、ホワイトハウスの大統領執務室にいる父さんの写真があり、ハリウッドの映画スターみたいな男の人と握手してる。その人の満面の笑顔に引きかえ、父さんは不自然に歯を見せて、自分がだれと握手をしているのか信じられないみたいな笑顔だ。ぼくも信じられない。

自分のテレビ番組のおかげで、父さんは人気歌手や有名人との付きあいがある。けど、この写真の父さんは、アメリカの大統領と握手をしてる。

指でなぞって画面の写真を消されたから、ぼくは悪アルビーを見た。もとの世界とのちがいは火星と木星のあいだに新しい星があるだけじゃないって、だんだんわかっ

てきた。自己紹介によれば、この世界の父さんは常温核融合の開発者らしいけど、どういうものなのかはさっぱりわからない。

「常温核融合って？」

悪アルビーの表情がかたい、しかめ面になった。

「クローンのくせに、なにも知らないんだな」

悪アルビーから、ばかにされた。

「そんなあたりまえのことも知らないんじゃ、おれになりすまして人をだますなんて無理だな。常温核融合ってのは、おやじが開発したすごいやつで、億万長者になれる代物だ」

悪アルビーはつづける。

「なにせ、電子レンジくらいの大きさの核融合発生器が、核エネルギーを生みだすんだからな。世界じゅうの家にも、会社にも、星が光るのと同じ力があるってわけ。安全で、熱も有害物質も出さない。だから地球温暖化の心配も、食糧不足も、貧困もなくなった。かぎりない資源のおかげで、世界がかかえてた問題すべてが解決されたんだ。おやじは、母さんの名前のシャーロット・エリザベス・ブライトからつけたC・E・B・基金に、それをただで提供しちまった」

この世界のアルビーに、すごく腹が立ってきた。この世界の父さんは科学的才能にめぐまれているみたいなのに、どうしてこいつはアホなんだ？　ぼくは、冷静な気持ちでいようとした。自分自身といいあらそうために来たわけじゃない。母さんを見つけるために来たんだから。

「ねえ、母さんはどう思ってるかな？」

皮肉をこめて、たずねてみた。

「クローンと交換する計画を知ったら、母さんはだまってないよね？」

まるで、ブラックホールに飛びこめといわれたみたいな顔つきで、悪アルビーに見つめられた。

「母さんは死んだ」

ぽつりといったとたん、悪アルビーの顔が怒りで真っ赤になった。

「おれが赤んぼうのときに、ガンで死んだよ」

胸の奥で、心臓が凍りつきそうだ。そんな。母さんが死んでるなんて。この世界じゃなかったんだ。パラレルワールドでは母さんが生きている、量子物理学が証明していると、父さんがいってたじゃないか。悪アルビーの話によれば、ちがうってことだ。

「おまえのくつの裏には、母さんの名前が印刷されてるんじゃないか?」

そういう悪アルビーの目は、憎しみに満ちている。

「シャーロット・エリザベス・ブライト基金はおやじの発明で、すべて成りたってる。常温核融合から、クローン技術までな。おやじは母さんとの思い出を残すために、母さんの名前を基金につけた。けど、おれのことは忘れたいんだ。おまえがその証拠じゃないか」

悪アルビーのうしろにはってある太陽系の地図を、ぼんやり見つめた。火星と木星のあいだにある明るいむらさき色の星が、あふれてきたなみだでかすむ。パラレルワールドには小さなちがいがあるかもしれない、と父さんの本にも書いてあった。ぼくは、まちがった世界に来てしまったんだ。

　ぼくの心にできたブラックホールの痛みが、まえよりひどくなってきた。スター・ウォーズの宇宙要塞、デス・スターをもってたら、この星をこなごなにふきとばすだろう。でも、心の奥深くでは、そんなことをしても母さんはもどらないとわかってる。怒りにまかせて、なみだをぬぐった。ぼくが、母さんをまたうしなったみたいに感じてるのに、悪アルビーは気にしちゃいないみたいだ。

　悪アルビーのむこうに、段ボール箱が見えた。箱のなかでは、母さんのパソコンの画面に0と1が無限に表示されつづけてる。ガイガーカウンターはノートパソコンにつながったままだし、バナナもあるから、また放射性物質を出すだろう。悪アルビーがうしろを向いたすきに段ボール箱に入りこみさえすれば、このばかげたパラレルワールドからおさらばできる。

　けど悪アルビーは、ぼくをじっと見つめたまま、いかにも悪そうな顔でにやりとした。

たちまちぼくは、ウサギのバッグス・バニーとカモのダフィー・ダックが出るアニメの登場人物になった。腹ぺこのバッグスの目に、ダフィーが巨大なホットドッグに見えるようになる場面を思いだした。少なくとも悪アルビーは、そんな目でぼくを見てる。

「なんなの？」

段ボール箱にすばやくもぐりこむには、どうしたらいいだろう。あれこれ考えながら、悪アルビーに聞いてみた。

「息子がめんどうを起こさないようにと、おやじがクローンをつくったんだとしたら……。ちゃんと、おまえに働いてもらわないとな」

悪アルビーが答えた。

「おれを行儀よくさせたいんなら、おまえが学校に行けばいい」

ぼくはびっくりぎょうてんして、悪アルビーを見た。じょうだんじゃない。わざわざパラレルワールドへ来たというのに、学校へ行くなんて。段ボール箱を見ながら、悪アルビーをかわしてのがれられるか考えてみた。たぶん、箱のふたを閉めるひまはないだろう。

「無理だよ」

ぼくは、悪アルビーにいった。

「身代わりになって、学校には行けない」

なんとかいいのがれしようと、ぶつぶつしゃべりながら必死に頭を回転させた。

「きみがいったとおり、ぼくはなにも知らないんだ。ぼくがきみだって、みんなを信じさせられないよ」

「おまえ、クローンだろ？」

悪アルビーは、すごみをきかせた声でいう。

「クローンは、だれかのふりをするものじゃないか。おやじが、かんぺきな息子がほしいっていうんなら、おまえがクラスでいちばんになればいい。そのあいだ、おれは家でのんびりするさ」

悪アルビーは、机に置いたコンパスをまたつかんで、ぼくに向けた。

「学校に行くしたくも、できてるじゃないか。うしろまえにかぶったおかしなかぶりものと、自転車用のプロテクターをはずせばいい。そのプロテクターは、おやじが、地面から数センチういて進む電動のホバースクーターを買ったときに、捨てたはずだけど」

いいかえそうと口を開いたものの、すぐに口をとじた。悪アルビーがコンパスの先で、プロテクターをつついたから。

「クローンのできを見せてもらうぜ」

08章

悪アルビーがいる世界

道のひび割れをわざとふみつけながら、クラックソープ小学校へと歩いていった。背中に、悪アルビーのリュックサックをしょって。コンパスをつきつけられて家を出るときに、おしつけられたものだ。頭のなかには、口ぎたない言葉がうずまいてる。ほんとうに口に出したら停学になるくらい、ひどい言葉だ。

あたりを見まわし、どうしてこんな悪夢にとじこめられるはめになったのかと、考えをめぐらせた。道のようすは、もとの世界と同じに見える。ならんでいる家も、まったく同じ。家から学校までの短い距離に止められてる車も、まったく同じだ。シャーマン通りをつきあたって左に曲がり、アップルトン通りを歩いて、プリーストリー通りの手前で右に曲がり、道をわたったところにクラックソープ小学校がある。なにもかも、同じだ。ひとつも変わりない。なのに、このばかげたパラレルワールドでも、母さんは死んだままだなんて。

道をわたろうとしたときにはじめて、大きなちがいがあるのに気づいた。車の急ブレーキとクラクション音を聞いて、心臓が飛びでそうなほどおどろいたんだ。

「おい、なにしてんだ！　あぶないだろ！」

ドキドキしながら左を見ると、男の人が白いワゴン車の窓から身を乗りだして、おこってる。

「道のわたりかたを、学校で教わらなかったか？　ひかれるところだったぞ」

どうしてそうなったのか、さっぱりわからない。道をわたるまえに右を見て、左を見て、もういちど右を見たのに。あのワゴン車は、どこからともなくあらわれて、反対車線を走ってきた。

「ぼく、ちゃんと……」

いいかえそうとしたら、ワゴン車のうしろからまた車が走ってきた。バイクも通りすぎていった。左から右へ、右から左へ。車もバイクも、いつもとは反対側の車線を走ってる。

クラックソープに住む人たちが、きゅうに交通ルールを忘れたわけをつきとめたくて、混乱する頭をふってみた。すると、父さんの本に書いてあった内容を思いだした。小さなちがい……。

そうか！　このパラレルワールドでは、もとの世界と反対側の車線を走る決まりになっているにちがいない。だから、ワゴン車にひかれそうになるまで気づかなかったんだ。

車にクラクションを鳴らされて、おわびのしるしに手をあげた。念のために、左右の安全確認をもういちどしてから通りをわたって、学校の門へたどりついた。

「今度から、ぼんやりするなよ」

白いワゴン車に乗った男の人が車を発進させながら、大声でいった。

「地球には自分以外の人間もいるって、忘れるんじゃないぞ」

だれもいない校庭を急ぎ足で歩きながら、地球にいてほしい人はひとりしかいないと思った。


六組の教室のとびらを開いたとき、この世界でも遅刻したのに気づいた。クラスのみんなが席に着いてて、ベンジャミン先生は出席をとってる。

「キラン」

「はい」

「オリヴィア」

「はい」

おどおどしながら、教室を見わたした。六組のみんなに小さなちがいがないかと、探しながら。みんな、そっくりそのままだ。教室のまえのほうにすわってるキランと、いつものように目を合わせようとしたら、キランの視線がぼくを素通りした。

「アルビー」

ベンジャミン先生によばれた。

「はい」

反射的に返事をすると、先生がいすを回転させて、こちらを向いた。先生の顔を見て、またおどろかされた。

先生が年をとってる。ちょっとどころじゃなく、おそろしく。もとの世界のベンジャミン先生も、ちょっとは年をとってた。二十五とか、二十六歳くらいだったんじゃないかな。でも、この世界の先生は、目のまわりはしわだらけだし、金色にそめた髪の毛の生えぎわからは地毛の白髪が見えてる。ベテラン先生っていうより、すでに退職した先生みたいだ。

「アルビー、遅刻ですよ」

先生はいらいらしたようすで、時計をたたいた。

「またなのね」

キツネにつままれたような気分で、ぼくはベンジャミン先生を見つめてた。クラスのみんなはそのままなのに、先生だけタイムマシンで時間を超えた人みたいになっちゃったのは、どういうことなんだろう？

「アルビー、早く席につきなさい」

先生は、ため息をついた。

「いったい、どうしたんですか？」

ぼくは頭で考えたことを、思わずそのまま口に出してた。

「先生、すごく年をとりましたね」

しまった！　どう考えてもいうべきじゃなかった。クラスじゅうに笑いが起こったせいで、ベンジャミン先生のしわしわの左まぶたが、ピクピク動きはじめてる。

「アルビー、すわりなさい」

先生が、ぴしゃりといった。

「席につかないなら、クラスで博物館へ行っているあいだ、校長先生の部屋にいてもらいますからね」

ぼくは顔を赤くしながら、がくりと落ちこんだ。先生が年をとってるなら、火星と木星のあいだに新しい星ができててもおかしくない。なのにクラス見学の行き先は、あいかわらずクラックソープ自然史科学博物館みたいだから。

がっかりして下を向いていると、先生が出席確認のつづきをはじめた。ぼくがいつものようにキランのとなりの席についたら、キランから、化けものを見るみたいな目でにらみつけられた。

「なにしてんの？」

キランが低い声でいう。

「なにが？」

また先生にしかられないよう、小さな声でキランにいいかえした。

「ぼくだよ、アルビーだ」

「となりにすわっちゃいけない決まりだって、わかってるよね？」

キランがぎゅっとしかめた顔にできたおでこのしわは、ベンジャミン先生といい勝負だ。

「行動の約束に書いてあるでしょ？」

学期はじめに、かならず、ベンジャミン先生は六組の生徒に〈行動の約束〉というのをわたしてる。これには、学校生活を送るうえで先生が守ってほしい決まりごとが書いてある。たとえば、大声でさけばない、先生が話をしているときにおしゃべりしない、教室で大きな音をいきなり出さないなどだ。ほとんどの生徒はふたつか、みっつの約束ですむ。けど、ウェスリー・マクナマラの行動の約束は、A4サイズの紙の両面に書かれてた。でもどうして、学校で友だちのとなりにすわっちゃいけないかを、悪アルビーは教えてくれなかったんだろう？

段ボール箱から出て、このおかしな世界に来てからずっと、なにもかもうまくいかないことへの不満が、いっきにふきだした。

「そんなのおかしいよ」

ベンジャミン先生が出席をとる声を聞きながら、キランにいった。

「なんで、いっしょにすわっちゃだめって、先生に約束をさせられるわけ？」

「ボクが、先生にたのんだからだよ」

キランが、いいかえしてきた。

「スニッフルズをケージから出したのはきみなのに、そのせいでボクがしかられるはめになったじゃないか。スニッフルズが教室の窓から飛びだしたら、どこからともなくやってきたおかしなネコに食べられちゃったし。あの日、ボクだけ居残りさせられたんだよ」

まさか！　話がちがう。スニッフルズをケージから出したのは、ウェスリーだ。ぼくじゃない。それに、スニッフルズが窓から逃げるまえに、ベンジャミン先生がつかまえたはず。なのに、この世界では悪アルビーがやらかしただなんて……。

「それに、アルビーのせいで科学研究発表会の一等をもらいそこなった」

キランは、しかめ面でいう。

「みんなに受けようとして、きみが風船を割ったから、風船を成層圏へ到達させられなかったし」

ぼくは頭をふった。そんなことするわけない。キランはいちばんの親友なのに。

「また、おかしな計画にまきこむつもり？　計画がうまくいかないと、ボクにおしつけるくせに」

「いったい、なんの話？」

キランの話ははじめて聞くことばかりで、ますます混乱した。

「おかしな計画って？」

キランは、国際宇宙ステーションの気密室のなかでぼくがおならをしたときみたいな顔をした。

「とにかく、ほっといてよ」

キランが、ささやく。

「もう、友だちでいたくないんだ」

キランは、親友なのに。六組で、ただひとりの友だちなのに。少なくとも、もとの世界では。これ以上ないほどのひどい状況だとわかって、この世界はまちがってると思いしった。

小さいころ、スイスのジュネーブにある遊園地へ父さんと母さんに連れていってもらった。電気で動く小型のバンパー・カーとか、フライングパイレーツとか、幽霊列車とかに乗って、すごく楽しかった。けど、ミラーハウスでまいごになったせいで、すべてがだいなしになった。母さんといっしょに、鏡に映ったおかしな姿を見て笑ってたのに、ぼくがひとりで先まわりして、かどを曲がってふりかえったら、母さんが消えてたんだ。鏡のなかには、自分ひとりが永遠に見えるだけだった。

なにもかもおかしくて、正しいことがひとつもなかった。鏡に映る自分の顔も、ほんものなのかわからないほど、おそろしくゆがんでた。母さんに見つけてもらうまで一分もかからなかったはずなのに、あのときのこわさは一生忘れないと思う。

いまの気持ちは、あのときと同じだ。なにもかもがおかしくて、まちがってる。この世界のアルビー・ブライトを受けいれられない。どうして悪アルビーは、あんなひどい人間になってしまったんだろう？

そのとき、悪アルビーは母さんを亡くしているのを思いだした。ぼくと同じように。ただそれは、悪アルビーが赤んぼうだったときの話だ。性格がねじまがったのは、母さんがいないせい？　もしそうなら、ぼくも悪アルビーみたいに悪いやつになるんだろうか？

段ボール箱に入ってバナナ量子論を使い、この世界から逃げだしたいとしか思えない。でも、ベンジャミン先生が出席をとりおわったから、目のまえにある問題に引きもどされてしまった。

「ほら、みんな。これから博物館へ出発しますから、礼儀正しく行動してくださいね」

教室を見わたす先生の左まぶたが、ピクピク動いてる。ぼくを見つけると、はっきりきざまれたしわをいっそう深くして、きびしい顔つきでいった。

「アルビー・ブライト、あなたもね。ろうかにきちんとならんだら、出発しますよ」

ベンジャミン先生の引率で校外学習に行くときは、ワニの行列をする決まりになってる。といっても地球外パワーで、うろこにおおわれた巨大な歯をもつ爬虫類に、生徒たちを変えちゃうわけじゃない。ウェスリーなら、すごく感心するだろうけど。ワニの行列っていうのは、先頭を歩くベンジャミン先生のあとを、ふたりひと組になった生徒たちがついていくことだ。

いつも、きまってキランといっしょに歩いてたから、キランがティモシーとならんでるのを見て、どうしていいかわからなかった。ふたりひと組になっているかどうか、ベンジャミン先生が確認するようすからすると、みんなには相手がいるみたいだ。おばあさん先生と手をつなぐはめになるのかも、とあせりはじめたとき、どこからともなくあらわれたヴィクトリア・バーンズが、ぼくの手に自分の手をすべりこませた。

「ワニの相棒を探してるんでしょ?」

なりたてのスーパーモデルばりに、長い金色の髪をうしろにはらいながら、ヴィクトリアが声をかけてきた。

「あたしのボーイフレンドは、父親の博物館に彼女と歩いていくのをカッコ悪すぎと思うかしら？」

ぼくは口をあんぐり開けたまま、なんの言葉も出てこない。脳みそが高速回転しはじめると、頭のなかを三倍の速さで考えがかけめぐった。ヴィクトリアが、ぼくと手をつないでる。学校でいちばん人気のある女の子に、ボーイフレンドっていわれた。このイケてるおかしさは、なんなんだ？

機能停止した脳から口に指令が送られ、エラーが起きた機械みたいに、ヴィクトリアの言葉を切れぎれにくりかえした。

「ボーイフレンド……、彼女……、博物館……」

おかしなしゃべりかたをしたのに気づいて、ぱっと顔が赤くなる。でもヴィクトリアはじょうだんだと受けとり、同じように話しながら笑ってる。

「あたしの、ボーイフレンド。あたしと、歩く」

石器時代のテレビアニメみたいな声でしゃべってる。

「アルビーったら、おもしろいんだから」

それからヴィクトリアは、ぼくの手をやさしくにぎった。おかげで、さらに顔が赤くなった。これなら、おまぬけさんってよばれるほうがましかもしれない。

列の先頭にいるベンジャミン先生の合図で、ワニの行列が動きはじめた。

「みんな、ついてきなさい。道路の横断規則を守ってね」

先生が校庭を出て右に曲がると、ワニの行列もあとにつづく。ほかの学校ならロンドンにある大英自然史博物館へ行ったり、マンチェスターにある科学産業博物館へ行ったりする。けど、うちのクラスは通りを半分歩いたら着いてしまう、クラックソープ自然史科学博物館へ行くだけだ。

でも、課外活動の行き先をぼやくひまはなかった。ヴィクトリアがしてきた質問に、すっかりうろたえてしまったから。

「そういえば、あしたの誕生パーティー。だいじょうぶよね?」

ヴィクトリアは、青い目をきらきらさせてる。

「すっごく楽しいからね。村の集会所で七時からよ。DJブースがあるし、写真を撮るコーナーもあるし、おもしろい企画もあるのよ」

この話、すごく聞きおぼえあるんだけど。

「もしかして、ダンス大会？」

「そう！」

ヴィクトリアは、満足そうに答える。

「ぜったい優勝しましょうね！」

「でも、おどれないよ」

誕生パーティーに行く約束をしてるとは思ってもみなかったから、いいかえした。

「だいじょうぶ。あたしだってジュニアダンス大会の地区予選では、三位程度なんだから」

ヴィクトリアはひかえめにいいながら、かたほうの目をつぶってみせた。

「タンゴは最高点だったんだけどね。ママにすてきなドレスを買ってもらったの。これまでのスパンコールつきの赤いドレスは、トマトそっくりだったから」

ダンスといえば、母さんとキッチンでおどったことしかない。父さんが仕事でいないときに、母さんは、父さんと知りあったころから好きだった音楽をかけ、ぼくとふたりでピザを食べながらダンスをおどって遊んでた。

よく覚えてるのは、ヒップホップ系の音楽をラップで歌いながら、ヒッグス粒子のイラストつき野球帽をかぶった母さんが、〈昔の学校のダンス〉っていうのをおどってたことだ。笑いすぎて、鼻からピザが出そうだった。

「どうしたの？」

ヴィクトリアが聞いてきた。いつのまにか、ぼくの目はなみだがあふれそうになってた。

「ただの花粉症だよ」

そう答えると、ティッシュをとりだそうと、急いでポケットに手を入れた。

ワニの行列が、博物館のまえで止まった。なみだをふきおえたとき、またもやびっくりぎょうてんした。

もとの世界のクラックソープ自然史科学博物館は古い一軒家で、ほこりっぽい骨董品店か、ホラー映画に登場しそうなさびれたホテルみたいだと聞いてる。

でも、目のまえにそびえるガラスと鉄のフレームでできた巨大な建物は、宇宙人が火星とまちがえてクラックソープ村に着陸させた、鋭角と直線だらけの宇宙船みたいにそびえてる。今度こそ、夢を見てるにちがいないと思って、目をこすった。でも、建物が宇宙に飛びたつことはなかった。

ベンジャミン先生のあとについていくと、入り口に看板が見えた。

核融合センター

C.E.B.基金提供

旧クラックソープ自然史科学博物館

うれしそうな高い声をあげ、走ってみんなに追いつこうとするヴィクトリアを見たとたん、ずいぶん遠いところまで来てしまったと、ぼくは実感したんだ。

09章

カモノハシをぬすめ！

「核融合センターへ、ようこそ」

ものすごく広い玄関ホールで父さんに出むかえられ、心底おどろいた。父さんの話はつづく。

「この体験型博物館では、宇宙の秘密を発見できるでしょう。無限の宇宙を映しだす鏡をのぞきこみますか？　大型ハドロン衝突型加速器のなかを走りまわる光の速度でまわりますか？　冷却装置展示ゾーンでは、常温核融合が星の力を利用していることを学べます。宇宙を形成する、暗黒物質のなぞをさぐることもできるでしょう。体験型の展示をとおし、科学がどのようにして宇宙の不思議を解明しているかを学べます」

もちろんこの父さんは、ただのホログラムだ。等身大の父さんを博物館入り口にある台の上に映しだしてる。ほんものの父さんは、大西洋をわたったホワイトハウスで朝ごはんでも食べてるだろう。でも、ホログラムがあまりにもほんものそっくりだったから、思わず手をのばしてた。

「アルビー！」

ベンジャミン先生の、警告がこもった声がとんできた。

父さんの手を素通りしたぼくの手に、色つきの水玉もようが映った。ホログラムをつくりだしている、光のすじだ。ベン・ブライト教授がここにいるかのように見せる、安っぽいしかけでしかない。パラレルワールドに来てもなお、コンピュータでつくりだした父さんとしか会えないなんて。

「ユリーカゾーンでは、自分で実験を考えだすこともできます」

ホログラムの父さんは、ぼくをまっすぐ見つめてるみたいに思える。父さんが、まじめな顔つきになる。

「だれにでも可能性はあるのです。宇宙を変えるような発見を、あなたがするかもしれませんよ」

ぼくは、バナナ量子論について考えた。段ボール箱に入ってる母さんのパソコンにはガイガーカウンターがつながってて、いっしょに入れてあるバナナはゆっくりくさりはじめてる。父さん、もう発見したよ。そう伝えたいのに、父さんはここにいないからできない。

父さんのホログラムが消えると、ベンジャミン先生が手をたたいて生徒の注意を引きながら、よびかけた。

「さあ、みなさん。見学しながら、事前学習で調べておいた内容について考えてくださいね。エネルギーは、どこから来るのか？　物質は、なにからできているのか？　光は、どのくらい速いのか？　こういった疑問や、自分なりの考えを見つけていくんですよ。色わけしたグループごとに活動してくださいね。十二時になったら粒子加速器カフェに集合して、見学した内容を話しあいましょう」

六組の生徒たちは、先生がそう話すのをずっと待ちつづけてた。それぞれ声をあげながらちりぢりにかけだして、おもしろそうな展示や、ちょっとあぶなそうな展示をめざす。ごうかなガラス製の屋根の下で、博物館の巨大な建物は科学のテーマパークみたいに見える。

博物館のなかにめぐらされたレールに原子の形をしたものが乗っていて、反対側の高いところから近づいてくると、ものすごいスピードで通りすぎた。ピカピカ光る虹色にぬられた円柱から、色とりどりのあわが出ていた。それが、大きなピンで割られてはじける力を利用して、円柱が前後にゆれる。ロボット・スーツや恐竜、宇宙探査ロケットや蒸気エンジン、疑似火山やビッグバン・シミュレーターと書いてあるのも見える。

それぞれの展示ゾーンのあいだには、ガラス製の橋や展示室がある。光る案内表示をたどっていくと、クローン・ゾーン、宇宙空間ゾーン、発明コーナーなどなど、おもしろそうな場所へ行けるみたいだ。世界一おもしろい博物館にちがいない。それがクラックソープ村にあるなんて。

「あとでね」

ヴィクトリアはそういい、ぼくのほっぺたに軽くキスをした。

「オリヴィアとキムといっしょに、大型ハドロン衝突型加速器に乗ってくるね」

頭のどこかにある、顔を赤くするスイッチがいきなり最大に入れられた。そのせいで、顔が真っ赤になる。ヴィクトリアが友だちと手をつないで原子レールが走る方向へ消えていくと、まるで火星からやってきた宇宙人みたいに、ぼくはひとりだけとりのこされた。

自分のグループが何色なのか、わからない。どうしてヴィクトリアのボーイフレンドになってるのかも、わからない。どうしたらいいのか、とほうにくれて博物館のなかを見まわした。

「アルビー、こっちに来なさい」

ベンジャミン先生が指をパチンと鳴らし、するどい声でいった。

「灰色グループの仲間が、待ってるでしょ」

博物館見学をはじめていない生徒が、もうひとりだけいた。先生のとなりに立っている、ウェスリー・マクナマラだ。なにかたくらんでるみたいに、にやにや笑ってる。

その瞬間、このおかしな世界に、心の底からうんざりした。


「どこに行くの？」

玄関ホールのかたすみにある、なにも展示されていない場所へと向かうウェスリーのあとをついていきながら、ぼくは聞いてみた。

「おもしろそうな展示は、反対側だよ」

「見つけたんだ」

大きな秘密をかかえているかのように、ウェスリーが鼻のわきを軽くたたいた。

「計画を実行に移せるぞ」

「計画って？」

　がらんとした場所を見まわしながら、ますます頭が混乱してきた。大がかりな実演も、電気じかけの実験も、体験できる展示も、なにもない。ベンジャミン先生から質問されそうなことを、どうやって見つけるんだろう。うしろをふりかえったら、先生が博物館の係員と話しこんでるのが見えた。その人はC・E・B・基金のロゴが入った真っ赤な上着を着てる。

　心のなかでは、博物館のだれもいない場所へウェスリーに連れこまれるんじゃないかと心配でたまらなかった。不気味な科学実験を、むりやりやらされるんじゃないだろうか。でもうでへの一発は、少なくともくらってない。いまのところは。

「カモノハシ計画だ」

　ウェスリーは、にやりとしながら答えた。

「オレたちのすげえ計画を忘れたふりするなって」

　まさか。この世界のウェスリーも、もとの世界のウェスリーくらいイカれてるなんて。とんでもない研究のためにカモノハシをねらっていたのを、すっかり忘れてた。クラックソープ自然史科学博物館のウェブサイトで見た、動物のはく製写真を思いだした。このハイテクなテーマパークに、カモノハシのはく製が置いてあるはずがない。

展示室を歩いていくと、すりガラスのドアの上の案内に、その答えを見つけた。

モンタギュー・ウィルクス棟
世界じゅうから集めた
すばらしい動物コレクション
改修のため閉鎖中

「さあ、来いよ」

ウェスリーがドアをおしあけながら、にやりとする。

「カモノハシをつかまえようぜ」

ぼくはその場に立ちどまり、モンタギュー・ウィルクス棟にこっそり入るウェスリーを見ながら、ばかげた計画からのがれるすべはないかと考えた。

うしろを向くと、六組の生徒たちが博物館の展示を楽しんでいるのが見える。キランは、〈原子の巨大ボール〉コーナーで、ものすごく大きなハムスター・ボールみたいなもののなかで体をはずませてる。ヴィクトリアは、噴火する火山のまえで、友だちといっしょに写真を自撮りしてる。ベンジャミン先生でさえ、クローン・ゾーンのコーナーで、係の人に自分の３Ｄコピーを印刷してもらってるみたいだ。どうしてぼくだけ、カモノハシを誘拐しなくちゃいけないんだろう？　もし、先生に見つかったら……。

　そう考えたとき、頭のなかでスイッチが入った。この世界に来てから、テープでいすにぐるぐるまきにされたり、親友からひどい言葉をあびせられたり、ぼくの気持ちなんておかまいなしにヴィクトリアと手をつながされたりした。でも、ぼくはこの世界の住人じゃないから、これからする悪さを利用して、おかしな世界から逃げられるかも。

　カモノハシのはく製をぬすむウェスリーに手を貸したって、どうってことないんだ。たとえつかまっても、責められるのはこの世界のアルビー・ブライトだから。そう考えたとたん、こわくなくなった。この世界では、なんでも好きなことができるし、ばつを受けずに逃げればいい。

「アルビー、なにしてる?」

展示室から、ウェスリーの声がひびいてきた。

「ほら、来いって。すごいぜ」

だれにも見られていないのをたしかめてから、急いでドアのむこうに入った。

すごい!

展示物を表現するには、その言葉しかなかった。

広い部屋は明るく照らされていて、あらゆる種類の生きもののはく製でいっぱいだった。ライオンにトラ、ヒョウにクマ、サル、シマウマ、ワニがいる。ぱっと見ただけで、すぐわかる動物ばかりだ。

ただ、すごく奇妙なことに、どの動物も人間みたいに服を着てる。セイウチは結婚式のドレスを着ていて、三つぞろえのスーツを着たホッキョクグマと結婚するみたいだ。ベストを着たサルはシロイワヤギの背中にいて、古めかしい車に乗ったコアラに追いかけられている。ならんだ机にすわっているのは、黒と白の制服を着たスカンクの生徒たちだ。クリケットをするカンガルーはワニのチームと戦っていて、全員白いセーターを着てる。このおかしな展示は、通路から一段高いあちこちにあって、展示をぬうように通路があった。

「すげえ、不気味だよな」

ウェスリーは、展示室を入ったところにある説明書きを読みながらいう。

「モンタギュー・ウィルクスっていうやつは、世界じゅうを旅してまわり、あとから思いだせるように、自分ではく製をつくったらしいぞ」

ぼくも、もとの世界が少しなつかしいけど、この気味の悪い展示を見たって気分はよくならない。まるで動物たちが、動物園に来た人間を食べたあとに、その服を着たみたいだ。

「おい、カモノハシを見つけたぞ」

ウェスリーは、部屋の中央にある台を指さした。そっちを見ると、舞台の上に動物たちのオーケストラがならんでた。ペンギンはバイオリンを、アライグマはファゴットを、フェレットはトランペットを、スネーク・メイソンがテレビ番組でつかまえてたジャングルに住む小型のジャコウネコはクラリネットを演奏してる。

オーケストラのまえで、指揮者が乗る台に立っているのが、白いタキシードを着たカモノハシだ。水かきを高だかとあげ、広げているようすは、木の指揮棒をもってるみたいだ。

計画のターゲットを見つけて、体じゅうにアドレナリンがかけめぐるのを感じた。さあ、カモノハシをぬすもう。

はじめは、オーケストラがいる舞台にどうやってあがればいいのか、わからなかった。ものめずらしさにはく製の動物をさわろうとする見学者が手を出せないように、展示物のまえには、とうめいなさくがとりつけられてる。そのさくは、乗りこえるには高すぎる。ところが、そのとき、ウェスリーが車輪つきのはしごをころがしながら、通路を歩いてきた。

「さあ、やろうぜ」

ウェスリーははりきった笑顔で、はしごをさくに近づける。

「このはしご、はく製を展示したときから置きっぱなしだったんじゃないか」

「ぼくにまかせて」

ウェスリーにそういうと、はしごの一段目に足をのせた。見あげると、指揮者のカモノハシが指揮台で、演奏をはじめようとかまえてる。

「カモノハシをとってくるね」

はしごをのぼっていくうちに、にやにや笑わずにはいられなくなる。この世界に来てはじめて、自分の思いどおりにできそうだ。興奮のあまり、ぞくぞくしてきた。古くさいカモノハシのはく製をぬすもうとしてるけど、つかまっても平気なんだから。

母さんが病気になったときは、正しいおこないをしようと、いつも一生懸命だった。母さんを心配させたくなかったし、事態を悪化させたくなかったから。けど、学校でのいじめとか、留守がちな父さんへの不満を自分のなかにとじこめても、母さんの具合はよくならず、弱っていく姿を見つづけるしかなかった。でも、この世界には心配すべき母さんはもういない。ここでは、ぼくの好きなようにできる。悪アルビーがしているように。

はしごのいちばん上までのぼってみると、思ったよりカモノハシは手もとから遠くにある。それに、下から見てるよりも気味が悪く見える。白いタキシードを着て、大きなくちばしの下に黒いちょうネクタイをしめ、冷ややかなまなざしで、うさんくさそうにこちらを見つめてるから。

「とれたか？」

ウェスリーが声をかけてきた。ぼくは、かたほうの手ではしごをつかみながら、もういっぽうの手をカモノハシにのばす。カモノハシはリュックサックくらいの大きさで、水かきの先は針みたいにとがってる。つやつやした茶色い毛のかたまりをつかんだときには、ぼくの口は完全にかわき、胸はドキドキしていた。

まさにそのとき、すべてがまずい方向に進みはじめた。

「動物たちを見るのが楽しみです！」

ベンジャミン先生の声が、ドアのすぐ外から聞こえてきた。

「以前の博物館にも、よく子どもたちを連れてきたんですよ！　このたびは特別に見せてくださり、ありがとうございます」

あわてふためきながら、すりガラスのドアのほうを向くと、ふたりの影が見えた。先生に、現行犯でつかまっちゃう。

「どうしよう？」

声をひそめて下を見たら、ウェスリーはもうはしごをささえていなかった。非常口と書いてあるほうへ逃げだしてた。ぼくひとりを残して。

そのとき、いくつかのことが同時に起こった。

ウェスリーが手をはなしたせいで、はしごがかたむき、ぼくの体はまえに投げだされた。カモノハシをつかんだばかりだというのに、下に落ちはじめてる。ぼくがたよれる物といえば、このカモノハシだけ。落ちたひょうしに、指揮台のわきにあるボタンをひじでおしたせいで、なにかのスイッチが入った。

車輪つきのはしごがスピードをあげながら、ワニとカンガルーがクリケットをしているほうへ通路をころがっていく。同時にオーケストラの演奏が、部屋いっぱいにひびきわたった。トランペットのファンファーレが鳴るなか、ぼくはオーケストラのど真ん中に落ちた。けど、フルートを演奏するハスキー犬たちのおかげで、衝撃がやわらいだ。

はく製のペンギンがもっているバイオリンの弓が、ぼくのわき腹につきささってる。そのまま、ぼんやりたおれていたら、はしごが通路にガシャンとぶつかる音が聞こえた。それでもカモノハシにしがみついてたから、目のまえにはくちばしがある。冷ややかなまなざしは、おまえはとてつもないまちがいをしたぞと、つげてるみたいだった。

ぼくは、あわてて立ちあがった。まだオーケストラの演奏が鳴りひびいているけど、はく製は舞台の上にちらばっていた。いきおいよく落ちたせいで、管楽器や木管楽器のほか、バイオリンを演奏していたペンギンもほとんどこわれた。反対側では、クリケットの試合をしていたカンガルーがこわれ、打者のワニははしごにはさまってる。

ウェスリーは、どこにもいない。

「アルビー・ブライト！」

ベンジャミン先生の金切り声が、ひびきわたる。ずんと重い気持ちでふりかえると、老けた先生がドアのところに立ち、ものすごい速さで左まぶたをピクピクさせてた。

先生のとなりにいる博物館の担当の人は、展示物があまりにひどくこわされて、ショックで首をふっている。

「いったい、なにをしたんですか!?」

10章 悪アルビーのたくらみ

目のまえのテレビでは、天才科学者のドクが時計台にぶらさがり、マーティが乗ったタイムマシンのデロリアンを時速百四十キロまで加速させて未来へ送りかえす場面が流れてる。『バック・トゥ・ザ・フューチャー』は少なくとも五十回は見たはずだし、まったく同じストーリーなのに、マーティは、もとの世界の映画とちがう人のように見える。このパラレルワールドにいる役者が演じているせいかな。でも、実際のところ、映画なんて見てなかった。リビングのソファにすわり、ジョーおじいちゃんに話しかけてもらうのを待ちつづけてた。

おじいちゃんは、ずっとだまってる。博物館にむかえに来て、ベンジャミン先生がぼくの犯した罪を、ぷりぷりしながらあげつらねたのを聞いたときから、ずっとだ。

アニマトロニクスという、はく製でつくったロボットオーケストラをこわした

カンガルーとワニが、クリケットの試合をする展示をこわした

年代物のカモノハシのはく製をぬすもうとした

先生から、「処分が決まるまで一週間の停学処分にします」といわれてもなお、ジョーおじいちゃんはだまってた。ひとこともしゃべらずに家まで歩いてかえると、おじいちゃんは大きなため息をついて肘かけいすにすわり、テレビをつけた。すると、もとの世界で流れていた映画が、この世界でもついていたというわけだ。

なにも気にしちゃいけない。段ボール箱にもぐりこんでこの世界とおさらばすればいいんだし、あとはすべて悪アルビーにおしつければいいだけだ。だって、あいつに

学校へ行かせられなければ、こんなことは起きなかったんだから。でも、ジョーおじいちゃんのつかれきった顔を見たら、ぼくのせいだと思わずにはいられなくなった。

「おじいちゃん？」

返事をしてもらいたくて、声をかけた。けど、おじいちゃんはすわったまま、だまって時計台に雷が落ちる映画の場面を見つめてる。

「ねえ、おじいちゃん？」

耳が遠くなってるのかもと思って、今度は少し大きい声でいってみた。おじいちゃんは、ため息まじりに返事をした。

「なあ、アルビー。おまえの顔を見るのもつらいんだよ」

テレビのなかでデロリアンが雷の光とともに消えたとき、おじいちゃんがいった。

「こんなことをしでかしたあとだしな」

「でも、わざとじゃなくて……」

「おまえの母さんが小さかったころ、よくあの博物館へ連れていったもんだ。もちろん、当時は核融合センターではなく、クラックソープ自然史科学博物館だったがな。シャーロットは動物のはく製を見るのが、なにより好きだった。いつも質問ぜめにされたよ。カンガルーは、どのくらい高くジャンプできるのか？　リクガメとウミガメのちがいは、なにか？　どうして動物は、それぞれちがう姿かたちをしているのか？」

おじいちゃんがつづける。

「いつだったか、こういってた。大きくなったら科学者になりたいと思うようになったのは、博物館の展示を見ていたからだ、とな。なのに、おまえのくだらない悪さのせいで、はく製たちの半分がこわれたと聞かされたんだぞ」

ジョーおじいちゃんは首をふりながら目をこすり、あふれ出る悲しみをかくそうとしてる。

「おまえの母さんは、なんていうかな？」

この言葉を聞いたとたん、おなかをなぐられたみたいに感じた。ジョーおじいちゃんからいわれたなかでも、いちばんつらい言葉だ。なにもかも、母さんを見つけるためにしたことなのに……。バナナ量子論を考えだし、命をかけて凶暴なネコを誘拐して、パラレルワールドへ来たんだ。でも、どうやってジョーおじいちゃんに説明すればいい？　ぼくにいえるのは、これだけだった。

「おじいちゃん、ごめんなさい」

「ほんとうに、そう思ってるのかい？」

ようやく、おじいちゃんはぼくを見ると、うたがわしそうに聞いてきた。

「いつもそういうじゃないか。なあ、アルビー。このところ、おまえの父さんが家にいないのはわかってる。常温核融合とかいう代物のために、あちこちかけずりまわってるからな。だからといって、おまえの悪さが許されるわけじゃない。わしのことなんて、ろくに料理もできない役立たずの老いぼれ、とでも思ってるんだろうな。だが、父さんは、おまえが育つこの世界を少しでもよくしようと、がんばっているんだぞ」

おじいちゃんは、ぼくの目を見つめてなみだを流してる。

「アルビー、おまえのまなざしには、シャーロットの姿が重なるんだよ。母さんに、そっくりだからな。シャーロットも、この世界をよりよいものにしたいと願っていた。母さんの期待にこたえられるかどうかは、おまえしだいなんだ」

なみだをこらえて、ぼくはこくんとうなずいた。母さんの期待にこたえる……。ぼくの願いは、それだけなのに。

「おじいちゃん、だいじょうぶだよ」

感情をこらえて立ちあがりながら、そういった。

「これからは、ちゃんとするね」

階段をのぼりながら、罪悪感でいっぱいになる。ジョーおじいちゃんにいわれた言葉が頭のなかをかけめぐるものの、いまは立ちむかえない。この世界から出ていきたい、としか思えなかったから。逃げても問題は解決しないと思いながらも、自分がちゃんとするには母さんを見つけなくちゃ。屋根裏部屋のドアが開いてたから、だれもいないかようすをうかがってから、なかに入った。

部屋のすみでは、段ボール箱がぼくを待ってる。このパラレルワールドからぬけだすための切符だ。片道切符じゃありませんように、と祈るしかない。もういちど、バナナ量子論がうまくいかなかったらどうしよう？　どうしてもぬぐえない心配を、頭から追いはらおうとする。

ひざをついて、段ボール箱のなかのものがすべて正しい位置にあるか確認した。ガイガーカウンターは母さんのノートパソコンにつながっているし、そのまえには皮に茶色いぽちぽちがつきはじめたバナナがある。これなら、いつでも出発できる。

「なにしてる？」

うしろから、自分の声がした。ふりむくと、悪アルビーがドアのところに立ってた。マンガで描いたみたいな、しかめ面をしてる。

「おれは好きなことをしようと、おまえを学校に行かせたのに……。なにしてんだよ？博物館のものをこわして停学をくらったなんておやじに知れたら、一生、部屋にとじこめられるぞ。おまえの目的は、なんだ？　クローンってやつは、命令に従うもんじゃないのか？」

ぼくの反論を待つみたいに、悪アルビーがにらみつけてる。

「まえにも、いおうとしたけど……」

ぼくは、悪アルビーにいいかえす。

「クローンじゃない。パラレルワールドから来たんだ」

悪アルビーは、こいつバカじゃないのという目でぼくを見た。

「パラレル、なんだって？」

ところが、質問に答えるまえに、赤茶色をした毛のかたまりが屋根裏部屋に飛びこんできた。

「うわ、なんだ？」

よっぱらいのヒョウみたいな鳴き声がしたかと思うと、ディランが悪アルビーの目のまえを通って、段ボール箱に飛びこんだ。そのひょうしに、ふたが閉まる。ふたりしておどろき、ちょっとのあいだつったっていたら、段ボール箱のなかからガイガーカウンターのカリカリという音が聞こえてきた。

だめ！　ぼくを残して行かないで！

「なんだ、あのネコは？」

悪アルビーが段ボール箱のほうへ、おそるおそる近づいていった。そして、ぼくがこの世界に来たときに床に落としていた、庭仕事用の手袋をつかんだ。

「あいつが、箱をトイレとまちがえて悪臭をまきちらすまえに、外に出さないと」

悪アルビーは、ぼくに手袋をおしつけた。

「箱のふたを開けるから、ネコをつかまえろ」

悪アルビーはまえかがみになると、ネコが飛びだしてくるのを待ちかまえながらゆっくり箱をあけた。

なにも起こらない。

おかしいぞという顔で悪アルビーが箱をのぞくと、バナナとガイガーカウンターとノートパソコンしかなかった。ネコは、いない。ディランは、またやってのけたんだ。

悪アルビーは頭をかきながら、とまどったようすでふりかえった。

「ネコは、どこ行った？」

ようやくぼくは、バナナ量子論の説明をした。

あらいざらい話してもなお、悪アルビーは頭をかいてる。

「じゃあ、となりの家のネコが、パラレルワールドに行ったっていうのか？」

「ちがうよ。ディランは、ぼくの世界のとなりの家のネコだよ」

「おまえもパラレルワールドから来たのか？」

「だから、そういってるじゃないか」

ぼくと見た目がそっくりだけど、おそろしい性格の悪アルビーがにんまりした。

「そいつは、すげえや」

このときはじめて、パラレルワールドを信じない悪アルビーより、信じる悪アルビーのほうが始末に負えないとわかった。

「じゃあ、この箱に入れれば、パラレルワールドに行けるんだよな？」

悪アルビーは、母さんのパソコン画面に表示されている数字を見ながら聞いてきた。

「そうだよ。でも、大切なのは母さんを見つけることで……」

悪アルビーは首をふる。

「母さんなんて、どうでもいい。おれは、なにも覚えちゃいないんだから。いや、待てよ。この魔法の箱でほかの世界に行けるなら、アホおやじがあり金全部を寄付しない世界を見つければいいいんだ」

悪アルビーはぼくを見ながら、すっと目を細めた。

「おれは大金持ちになるはずだったんだ。だから、パラレルワールドに行って、大金持ちになってやる」

おどろきのあまり、しばらく言葉が出なかった。母さんがどうでもいいなんて、なんでいえるんだろう？　母さんを見つけるために、ぼくはバナナ量子論を考えだしたのに。いちばん大切なのは、母さんを見つけることだけだ。

「ほら、教えろよ。パラレルワールドに行くには、どうすればいい？」

悪アルビーが、おどすようにいう。悪アルビーを段ボール箱に入らせたら最後、すべてがだいなしになる。止めさせる方法を、なんとか考えないと。

ぼくの手には、まだ庭仕事用の手袋がある。手袋を見たとき、おかしな計画が頭にうかんだ。このほら話を、なんとしても悪アルビーに信じこませないと。

「パラレルワールドに行くときには、装備(そうび)をつけなきゃいけないんだ」

悪アルビーに手袋を放りながら伝えた。

「この世界へ来たときに、ぼくがしてたみたいにね」

手袋を受けとった悪アルビーは、バレエのチュチュを着ろといわれたみたいな顔をしてる。

「庭仕事用の手袋を、か?」

思いきりうたがわれてるけど、この計画を成功させるには悪アルビーを説得しなきゃはじまらない。

「手袋だけじゃないよ。かぶりものと、自転車用のプロテクターもね。パラレルワールドへ行くためにブラックホールを通るとき、スパゲッティみたいにはなりたくないでしょ？　プロテクターは、体がばらばらにならないようにするもの。かぶりものは、宇宙線から顔を守るものなんだ」

悪アルビーは、床に置かれたままの、ハロウィン用のおそろしげな顔をしたピエロのかぶりものと、自転車用のプロテクターに目を向けた。

「ほんとか？」

悪アルビーは、まだうたがってる。

「見てのとおり、ぼくはばらばらになってないからね」

そういいながら、プロテクターを拾って、悪アルビーにおしつけた。

「でも、歯みがき粉みたいに目玉をしぼりだされてもかまわないっていうんなら、好きにしたらいいよ」

まだぶつぶついいながらも、悪アルビーはプロテクターをつけはじめた。

このチャンスを待ってたんだ。体よりふたまわりも小さいプロテクターを悪アルビーがつけようと格闘してるすきを見て、ぼくは段ボール箱にもぐりこんだ。音を立てないようにふたを閉め、暗やみのなかでガイガーカウンターを手でさぐる。ガイガーカウンターの数字を読もうとしたけど、画面は暗いままだった。動いてないんだ。ノートパソコンの画面では0と1がものすごい速さで表示されて、ひとかたまりに見える。なにかが、おかしい。ガイガーカウンターが電源につながってないんだ。このままだと、バナナが放射線を出しているかどうか、わからない。

また手さぐりで、ガイガーカウンターとノートパソコンとをつなげるケーブルを見つけだし、USBプラグを指でさぐりあてた。きっと、ディランがはずしたんだろう。

「おい、どこ行ったんだよ？」

ぼくの声が、箱の外から聞こえてきた。いかにも、きげんが悪そうだ。

ふるえる手で、USBプラグをノートパソコンにさしこむ。バナナをつかんでガイガーカウンターのとなりに置くと、必死の思いで小さくつぶやいた。

「さあ、来い。さあ、来い。たのむよ」

悪アルビーにけとばされ、段ボール箱が内側にへこんだ。

「おまえーっ！」

そのとき、ガイガーカウンターがカリカリ鳴って、千分の一秒だけ世界が凍ったように思えた。箱の外のどこかで、数えきれないほどの見えない輪ゴムがぴーんとのびたように感じ、またガイガーカウンターからカリカリ音が聞こえたとき、悪アルビーの声がぴたりとやんだ。

箱のなかの暗やみで体をちぢめたまま、ゆっくり息をした。バナナ量子論が、またうまくいったみたいだ。知りたいのは、ただひとつ。ぼくがいる世界は、どこなのか？

11章

アルバは、もうひとりのアルビー

まえの世界で痛い目にあったから、段ボール箱のふたを開けるときに顔をパンチされませんように、と祈りながら、そろそろと頭を出してみた。屋根裏部屋は、もとの世界とそっくりそのままに見える。望遠鏡も、本も、マンガ本の山もあるし、太陽系の地図もはってある。急いで星を数えてみた。水星、金星、地球、火星、木星、土星、天王星、海王星。惑星の数が八つだとわかり、ほっと息をはいた。

段ボール箱から出ると、だれかが机のまえにすわっているのに気づいた。うしろを向いてるけど、一瞬で自分だとわかる。この世界のアルビーだ。

「ほんとうに来たなんて、信じられない」

ところが、ふりむいたのが女の子だったから、ぼくはおどろきのあまり、口をあんぐりと開けた。遊園地の鏡を見てるみたいだ。顔は自分と同じで、目も鼻も口も、全部同じ位置にあって、同じ形をしてるのに……。女の子だなんて！

口をとじたり開いたりをくりかえしたものの、ひとつも言葉が出てこない。

とはいえ、そこまでおどろく話じゃないのかも。体をつくる細胞には染色体というものがあって、それによって自分がどんなふうになるのかが決まる。目の色、背の高さ、めがねをかける必要があるのかどうかも。こういうすべての情報が、染色体のなかに入ってる。

男になるか女になるかも、染色体の組みあわせしだいだ。ＸとＹの組みあわせがあれば男に、ＸとＸの組みあわせだけなら女になる。つまり、二分の一の確率だ。この世界のアルビーは、ＸとＸの組みあわせだけなんだろうな。

ぼくは、酸素がたりない金魚みたいな顔をしてたけど、女の子のアルビーも同じくらいショックを受けてるみたいだった。

「男の子なんだね」

信じられないというように、その子が首をふる。なにをどう話せばいい？　まえのパラレルワールドでは、悪アルビーにクローンだと思われたけど、この状態でそれはありえない。

「ぼくは……」

「だれか、知ってる」

女の子のアルビーは興奮をおさえきれないように、矢つぎ早にしゃべりはじめた。

「パラレルワールドから来たんでしょ？　あの段ボール箱には、バナナとガイガーカウンター、それにセルンのグリッドにつながってるママの量子コンピュータがあるはず。ママはＬＨＣでの実験で、パラレルワールドに通じる小さいブラックホールをつくった。あなたは、ママの量子コンピュータの小型粒子加速器を使って、それを再現したのよね？　ワームホールをつくって五次元空間を通り、パラレルワールドを行き来するっていうバナナ量子論のしくみは、じつにシンプルだもの」

女の子は息をすうために、いったん言葉を切り、にっこりした。

「わかってたよ。同じことを考えたから」

ぼくは、また口をぽかんと開けた。この世界のアルビーは、女の子というだけじゃなく、ものすごく頭がいい。ふたりともバナナ量子論を考えだしたけど、じつをいうと、ぼくはそこまで理論的にはわかっていなかったから。

「ちなみに、わたしはアルバ」

女の子が先に自己紹介してくれた。

ようやくぼくは、口ごもりながら名前をいった。

「ぼくはアルビー」

アルバが笑う。

「やっぱり！　アルバート・アインシュタインからとったんでしょ？　パパもママも、名前をつけることに関しては創造的じゃないのよね。パパなんて、ペットのハムスターに有名な科学者の名前からホーキングってつけたんだから」

アルバのうしろにある机の上から聞きなれた鳴き声がして、まわし車に乗ってちょこまか走るホーキングがちらりと見えた。

「ぼくのハムスターもホーキングだよ！」

いきおいよく答えた。

ちょっとのあいだだけ、ふたりで顔を見合わせ、ただただにこにこしてた。このパラレルワールドで、ぼくは女の子になっている。少なくとも、ホーキングは生きてる。でも、ひとつだけ引っかかることがあった。

「バナナ量子論がすっかりわかってたのなら、どうして実験しなかったの？」

アルバに聞いてみた。

「アルバもパラレルワールドへ行けたのに」

アルバが机からはなれると、回転いすじゃなく、車いすにすわってるのに気づいた。

「こんなふうになってからは、自分で実験する気にならなかったの」

アルバの顔から笑顔が消えてた。ぼくは、車いすを見つめながら聞いてみた。

「なにが起こったの？」

「車の事故」

アルバが答える。

「パパをむかえに行くために、ママの運転で空港に向かってたんだ。パパは、テレビ番組の撮影から帰ってくるところだった。霧が濃い朝に、高速道路をよっぱらい運転の白いワゴン車が反対車線を走ってきて、うちの車に正面からつっこんだの。そのあとは、あんまり覚えてないわ。ぐしゃぐしゃにこわれた車から、レスキュー隊は三時間かけてママとわたしを助けだしたんだって、あとからパパに聞いた」

アルバの目に、なみだがじわりとうかんでくる。

「わたしは運よく、腰から下がまひしただけだけど……。ママは助からなかった」

頭のなかで、エラーメッセージがチカチカしてる。アルバから聞いた話を、どうにも理解できない。そんなのあるわけない。せっかく、べつのパラレルワールドへたどりついたのに、この世界にも母さんがいないなんて。

「そっちの世界では、どうなの？」

服のそででなみだをふきながら、アルバが聞いてきた。

「アルビーが歩けてるなら、事故のあと、ママは助かった？」

ぼくはショックを受けたまま、首を横にふった。ぼくは歩けるのにアルバが歩けないことに、罪悪感に近いものを感じながら。

「交通事故は起きなかったんだ」

アルバに伝えた。

「じゃあ、そっちの世界のママは生きてるよね？」

熱心に聞いてきたアルバの目に、希望の光がともったのがわかる。

ぼくはもういちど首をふり、いいたくないと思った。その言葉を口にしたら、いっそう現実のものだと感じてしまうから。

「そうじゃない」

やっとのことで、言葉をしぼりだした。

「母さんは、二週間前にガンで死んだんだよ」

アルバの顔がまた泣き顔になり、ぼくとそっくりの顔になみだがあふれた。ふたりとも、だまされてるみたいに感じた。どうして、母さんが生きている世界へは、行けないんだろう？　たがいに顔を見合わせ、なにもいわずに悲しみをわかちあった。そのとき、ジョーおじいちゃんの声が一階から聞こえてきた。

「まだ、準備(じゅんび)できてないのかい？」

ぼくとアルバは、同時に返事をしてしまった。

「いま、行く！」

同じ声が重なったのを聞き、自分がしたまちがいに気づいて、ぼくは口を手でおおった。すると、おじいちゃんが階段(かいだん)をあがってくる音が聞こえてきた。

「アルバ、男の子がいるのかい？」

アルバが、ぼくを見た。はっとして、目をまん丸にしてる。

「かくれて」

アルバが、ひきつった声でいった。部屋を見まわすと、ぼくの部屋と同じくらいに散らかってた。かくれる場所といえば、あそこしかない。この世界に来たときと同じ場所だ。ジョーおじいちゃんがドアを開けたのと同時に、ぼくは段ボール箱に飛びこんでいた。

「男の子の声が聞こえた気がするんだがな」

ジョーおじいちゃんは、アルバがどうやってふたりの声で返事をしたのか、不思議に思ってるみたいだ。うまいぐあいに、アルバは説明を用意した。

「出かけるしたくをしながら、ラジオにあわせて歌ってたの」

ぼくは、段ボール箱のなかでじっとした。目のまえにあるバナナが、パソコンの画面に照らされ緑色に見えてる。ガイガーカウンターの音で気づかれないよう、ＵＳＢ（ユーエスビー）プラグを静かにパソコンから引きぬいた。

「歌手が歌っているようには聞こえなかったがな」

おじいちゃんが軽く笑う。

「ボブ・ディランみたいな、まっとうな歌手を聞くべきだな。ディランこそ歌手といえる」

入院中の母さんに会いにいくため、ジョーおじいちゃんに車で連れていってもらったときに、ボブ・ディランのベストアルバムが流れてたのを思いだして悲しくなった。そのときはじめて、ぼくはディランの曲を知ったけど、となりの家のネコのディランはボブ・ディランからついたのかも。たしかに、ディランの鳴き声はボブ・ディランっぽい。

「アルバ。いずれにしても、もう出かけないと。パーティーに連れていってほしいんだろう？　もう八時近いぞ」

おじいちゃんは、そこで話を切った。

「泣いていたのかい？」

「花粉症よ」

アルバは、さっと答える。鼻をかむ音が聞こえた。

「おじいちゃん、すぐに行くから。あと少しで、したくが終わるところなの」

「わかったよ。だが、急いでな。七時にはじまってるんだよな？　ところで、家に帰ってきたら、この部屋をかたづける相談をしような」

部屋のドアが閉まったあと、階段をおりていく音が聞こえた。するとアルバが、段ボール箱のふたを開けて、首を九十度に曲げてのぞきこんできた。

「行かなくちゃ」

ジョーおじいちゃんが補聴器のスイッチを入れたときのために、アルバはささやき声で話した。

「今夜、ヴィクトリアの誕生パーティーが村の集会所であるの。わたしはおじいちゃんに連れていってもらうけど、アルビーも会場に来て。話したいことがたくさんあるから。バナナ量子論が正しいなら、ママを見つけるのに必要なものを教えてあげられると思う」

「アルバ！」

おじいちゃんが、大きな声でよんでる。アルバはひかえぎみににっこりすると、段ボール箱のふたから手をはなして、車いすで部屋を出ていった。

パソコンの画面には、0と1がぼんやり表示されてる。もとの世界のLHCから時空を超えて、データがまだ送られつづけてる、ってことだ。ガイガーカウンターをにぎりしめた。これをパソコンにつなげ、くさりかけたバナナから放射性物質が出れば、バナナ量子論によって、またべつのパラレルワールドへ行けるだろう。今度こそ、母さんがいる世界に。

部屋の外から、ブザー音につづいて、機械が動くときのブーンという音が聞こえてきた。なんの音だかわからなかったけど、少しすると思いだした。アルバには、車いすに乗ったまま階段をのぼりおりする昇降機が必要なんだ。

ぼくは首をふった。こんなのひどい。ふたりとも母さんを亡くしているのに、ぼくだけ歩けるなんて。

ガイガーカウンターをパソコンにはつなげないまま、段ボール箱から外に出た。アルバは、母さんを見つけるのに必要なものを知ってる、といってた。それを教えてもらわずに、ほかのパラレルワールドへ行くつもりはない。

一階から、玄関ドアの閉まる音が聞こえた。アルバがヴィクトリアの誕生パーティーへ行くのなら、ぼくも行って会場でアルバに会おう。

村の集会所に着くまえから、パーティーの大音量の音楽が通りまで聞こえてくる。なんの曲かはすぐわかったのに、もとの世界とはまるきりちがう歌詞だった。父さんの本にあった、どの世界にもある小さなちがいだ。曲そのものは、数えきれないほど聞いたはずのものだった。

集会所の外には、バズ・ライトイヤーを宇宙へ飛ばすよりもたくさんの風船がかざってある。窓からなかをのぞいてみると、天井いっぱいに色つき電球がちりばめられているのが見えた。

「アルビー！」

集会所の入り口にいたアルバが、すばやく車いすの向きを変えて、よびかけてきた。

「待ってたよ」

またアルバと会うのは、なんだか不思議な感じがする。いまのアルバは、いかにも女の子らしい。髪の毛はぼくより少し長いし、まつ毛も濃い。目や鼻、口はすごく似ているけど、男のぼくとはちがう女の子らしさが感じられる。

ふたりは同じように見えても、ちがうんだ。一卵性双生児というより、妹みたいな感じかも。

「早く会場に入らなくちゃ」

アルバは、少し緊張しているみたいだ。

「ヴィクトリアが、まだ来てない人がいるって、おこってるの。ダンス大会に出る予定の二組だって」

アルバとは、会場で会うだけだと思ってた。まさか、ヴィクトリアの誕生パーティーに出るはめになるなんて。近くのバス待合所とかで、アルバの話を聞くのはだめなのかな？

おびえきった目をしているぼくに、アルバが気づいた。

「だいじょうぶよ」

アルバがいう。

「ヴィクトリアのお母さんに、いとこを連れてきてもいいですかって聞いたら、どうぞっていわれたんだから」

「いとこって？」

「ほんとのことは、いえないでしょ。『パラレルワールドから来た、もうひとりのアルバを連れてきてもいいですか？』なんて」

アルバは、ふざけた調子でいう。

「『ちなみに、その子は男の子です』なんてね」

そうまでいわれて、アルバのいいたいことがわかった気がした。

ドアのむこうから、新しい曲が聞こえてきた。アルバにつづいて集会所に入ってはじめて、おそろしい悪夢(あくむ)が待ちうけていたと気づいた。

12章

思い出のダンス

学校の成績表を見ると、ぼくにはダンスの才能がないらしい。体育の時間に、昔からある伝統的なダンスを、六組のみんなでおどったことがある。ワルツとか、ジャイブとか、ツーステップとか、タンゴだ。

そのとき、ベンジャミン先生から小さい子向けの『小鳥のダンス』を練習しなさいっていわれた。ぼくみたいな初心者には、ちょうどいいはずだった。でも、羽ばたきのふりつけをおどるとき、ティモシー・チェースの顔に肘をぶつけてしまった。

それにこりたから、ダンスのときは体育を休むために、ジョーおじいちゃんの字に似せた手紙を出してたけど……。いまでも、ベンジャミン先生に無理やり社交ダンスをおどらされる悪夢を見るときがある。だから村の集会所で、ものすごい数の色とりどりの照明と、巨大なミラーボールが天井からさがっている広いダンスフロアを見たとき、おそろしい悪夢が現実になったと思った。

ダンスフロアでは、ウェスリー・マクナマラとヴィクトリア・バーンズが、もとの世界で聞きなれている気がするけど、少しちがう曲でおどってた。ヴィクトリアは、スパンコールだけでできてるかと思うほど、ピカピカの赤いドレスを着ている。ウェスリーは上下がつながっている白いジャンプスーツを着てたけど、ぼくにはボタンをかけわすれたシャツにしか見えない。

ウェスリーが最後にもういちど、ヴィクトリアをくるりとまわす。ヴィクトリアはダンスフロアの中央で、足を百八十度開いて床につき、ダンスをしめくくった。ふたりをとりかこむようにして立っていた六組のみんなは、大きな歓声をあげた。

ＤＪブースのとなりにスポットライトがあたる審査員席があって、三人の審査員がすわってる。ベンジャミン先生、ヴィクトリアのお母さん、金のラメ入りスーツを着た牧師さんだ。三人とも、大きく九と書かれた得点カードをかかげている。

「びっくりしちゃう」

アルバが、ダンスフロアに向かって車いすをこぎながらつぶやいた。

「また、ヴィクトリアの勝ちじゃない」

「ダンスはきらいなんだ」

ぼくは、アルバにいった。

「ダンスをおどらなきゃいけない、科学的な理由なんてないからね」

「わたしは好きだったけど」

アルバにそういわれて、この場では、ぼくがいちばんおろかな人間だと思えた。

「人間の体にある原子はいつもダンスをおどってるって、ママが話してた。だから音楽にあわせてダンスをおどるのは、ごく自然なことなんだって。交通事故にあうまでは、よくキッチンで、ママのお気に入りの曲に合わせて新しいダンスのふりつけを考えながら、おどってたよ」

ぼくも、キッチンで母さんとダンスをおどったのを思いだした。同時に、ここに来た目的も思いだした。母さんに会うために必要なものを知っているというアルバの話をくわしく聞くために、静かな場所を探そう。集会所を見わたすうちに、なじみのある顔を見つけた。

キランだ。キューブ型風船のなかで写真シールが撮れるコーナーにならんでる。この世界のキランがぼくの存在を知らないのも忘れ、うれしくて手をふった。

キランの視線は、とうめい人間を見たときみたいに、ぼくを素通りした。アルバを見つけると、好きな子が教室に入ってきたときに決まってする、はにかんだ笑顔になった。キランが手をふったのを見てふりむくと、やっぱりアルバもはにかんだ笑顔で手をふってた。ぼくも、自然と笑顔になる。少なくとも、この世界のアルビーには、ぼくと同じ親友がいる。そのとき、おそろしいことを思いついた。たしかめるには、おそろしすぎるくらいの。

「キランって、ボーイフレンド？」

アルバの顔が、ほんのり赤くなる。

「ただの友だちよ」

アルバが、あわてて答えた。

「えーっとね。来週、映画を見にいこうってさそわれてる。でも、ほかの子もたくさんいるよ」

アルバは期待をこめた目で、ぼくに聞いてきた。

「もしかして、わたしを好きなのかな？」

会話が気まずくなるまえに、赤いスパンコールだらけのドレスを着たヴィクトリアが、オリヴィアやキムたちをしたがえて近づいてきた。キランがぼくを無視したように、ヴィクトリアもアルバだけを見つめてる。

「アルバ」

ヴィクトリアはつくり笑いをしながら、声をかけてきた。

「やっと来てくれたのね。うれしいわ」

「おそくなって、ごめんね」

アルバの声は、さらに緊張してるように聞こえる。

「家で、ちょっとあって」

「ねえ、この子だれ？」

ようやくヴィクトリアは、ぼくに気づいた。

「つきあってるの？」

まえの世界にいたヴィクトリアは、ぼくにキスしてきた。けど、いまは、まるで墓場から出てきたんじゃないか、というような目でぼくを見てる。

「ちがう、いとこ。あの、アルビーっていうの」

アルバは、あわてて答えた。

「この週末、うちにとまりに来てるんだ。あなたのお母さんに聞いたら、連れてきてもいいっていわれたんだけど」

ヴィクトリアは、頭のてっぺんからつま先までぼくを見てから、にんまり笑った。

「おまぬけさん、パーティーにぴったりの服ね」

このときになって、ようやくぼくは、まだ学校の制服姿だと気づいた。

アルバと同じように顔を少し赤くしたら、オリヴィアやキムたちがクスクス笑いはじめた。これなら、まえの世界のヴィクトリアのほうが、まだましだ。

「まあいいわ。ねえ、アルバ」

アルバの車いすの肘あてをつかんで、ヴィクトリアは自分のほうにまわした。

「ほら、あなたの番よ。もうみんなおどって、結果を待ってるところなんだから」

それを聞いたアルバは、困り顔になった。

「ほんきでいってる？」

アルバの声が、少しかすれてる。

「これで、どうやっておどるのよ？」

アルバは、車いすに目をやった。くちびるをかむアルバのしぐさから、いまにも泣きだしそうなのがわかる。がまんの限界を超えたときに、ぼくがするのと同じだ。ヴィクトリアの顔を見た。どうして、そんなにいやな態度をとれるのか信じられない。

「アルバったら、子どもっぽいこといっちゃって」

ヴィクトリアは軽く舌打ちして、アルバの言葉をはらいのけた。

「平等にしてってって、いつもうるさくいうのは、アルバでしょ」

流れていた音楽が鳴りやんだ。六組のみんなが、ヴィクトリアを見つめて、なりゆきを見守ってる。

「どっちにしろ……」

ヴィクトリアは、ジュニアダンス大会から借りてきたスコアボードを指さした。名前の上に二十七点と書いてある。

「だれも、アルバが勝つとは思ってないけどね」

アルバは顔をあげ、ヴィクトリアをにらみつけた。なみだで赤くなった目からレーザー光線を出せたら、ヴィクトリアを焼けこげにするだろう。

「いっしょにおどる、相手もいないし」

アルバがそういうと、ヴィクトリアは、いきなりぼくを指さした。

「ここにいる、おまぬけさんでいいんじゃない？　こういっちゃなんだけど、アルバといっしょにおどりたい子なんて、いとこくらいしかいないでしょ」

かみしめすぎたせいで、アルバのくちびるが白くなってる。その瞬間、ぼくの心にはげしい怒りがわきあがった。ヴィクトリアは、調子に乗りすぎてる。ダンスをおどれないのは、ぼくなのに。学校の制服を着てるのも、ぼくなのに。でも、この世界でアルバと自分がいじめられるのを、だまって見過ごすわけにはいかない。

「きみとは、ぜったいにおどらない。けど、アルバとならおどるよ」

六組のみんなに聞こえるように、ヴィクトリアにつげた。

「だって、きみのドレス、トマトみたいだもん」

まわりの子たちが笑いだすと、オリヴィアとキムもクスクス笑った。ヴィクトリアがいいかえすまえに、ぼくはアルバに手をさしだした。

「ヴィクトリアに、ダンスの手本を見せてやろうよ」

アルバは、宇宙船で火星に行こうといわれたみたいな顔をした。でも、ぼくがダンスフロアへ歩いていくと、アルバも車いすをこいでついてきた。

「どうするの？」

アルバは声をひそめて、聞いてきた。

「さっき、ダンスがへただって、いってたじゃない。車いすをぐらぐらゆらしながらおどってみせて、みんなを笑わせたいの？」

ぼくは、首をふった。考えがあったから。授業で習った昔からあるダンスはおどれなくたって、おどれるものはほかにもある。この世界のアルバも、あれを覚えていてくれるといいんだけど。

「キッチンで、母さんといっしょにダンスをおどってたって、いったよね？　母さんが〈昔の学校のダンス〉とよんでた、ヒップホップを見せてもらったことはある？」

不思議そうな顔をしながら、アルバはうなずいた。

「現代と未来を行き来する曲だって。笑いすぎて、ピザをふきだしそうになったっけ」
そういったぼくを、アルバは目をまん丸にして見返した。
「え、まさか。あれをやるつもり？」

DJがうなずくと、アルバとぼくは、ダンスフロアの中央で位置についた。ふたりをとりかこむようにして、六組のみんなが見てる。かっこう悪いダンスをおどるのを、待ちかまえてるんだろう。

車いすに乗ったアルバは、ぼくの右側にいて、胸のまえでうでを組んでる。ぼくは借りものの野球帽をうしろむきにかぶり、学校の制服をヒップホップっぽくくずした。みんなが笑うつもりなら、こっちから笑いのネタを提供してやる。

単調なロボットふうのデジタル音が鳴ったあと、曲のはじまりと同時に、リズムに合わせておどりはじめた。

うでを九十度に曲げたまま、体を右に回転させる。同じ方向に頭を動かすのと連動させて、うでを動かしたり、止めたりした。アルバも同じように、ロボットふうの動きをしてる。

かたほうの肩をすくめてから、体を左右にかたむけたり、まっすぐにしたりをくりかえす。体を波のようにくねらせるボディウェーブも、アルバと同じタイミングで、動いたり、止まったりをくりかえした。

すぐそばで見ていたヴィクトリアが、キムになにかささやく。ふたりでクスクス笑うのが見えた。これ以上は、バカみたいと思われたくなかったけど、気にしない。大音量で音楽が流れるなか、曲に合わせてうでをすばやく動かしつづける。

レコードをこすってＤＪがリズムをきざむなか、アルバとぼくは、ぴたりと動きを止めた。テクノのリズムに合わせて曲が流れると、かたほうの手を腰にあて、もういっぽうの手で天を指さした。曲のくりかえし部分ではおどる位置を交代して、ヒップホップの決めポーズで胸のまえでうでを組む。またロボットふうのデジタル音が聞こえると、今度はうでを動かしてパズルゲームのテトリスみたいな形をつくった。

頭のなかでは、あふれんばかりの笑顔の母さんが、キッチンでおどるのを思いだしてた。四角、ひし形、三角など、いろいろな形の名前をいうたびに、母さんはいちど動きを止めてから、べつのダンスをおどりだした。

ロボットの動きにもどっておどりはじめたとき、みんなから拍手（はくしゅ）がわきおこった。うでを左右に動かしてから、いったん止める。また、グイーンと動かす。アルバもとなりで、同じようにおどってる。車いすをくるりとまわすと、ぼくと向かいあわせになった。おどるうちに、自然とにこにこしてきた。アルバとぼくは笑顔のまま、リズムにあわせて同時に動いた。

まわりにいた六組のみんなも、いっしょにおどりはじめた。白いジャンプスーツを着たウエスリーは、ロボットみたいにがくがく動いてる。オリヴィアとキムまで、音楽に合わせて頭を上下にゆらしてる。ヴィクトリアだけが、ぴくりともせずに立ちつくしている。殺人光線でも出しそうな目つきで、ぼくを見てた。

ロボットふうのデジタル音に合わせてみんなが歌い、母さんがしていたようにぼくがうでをのばして天を指さすと、アルバも同じく天を指さしてた。

その場にいるみんなが、ぼくたちをとりかこんで、ぴょんぴょんおどってる。まわりからどう見えるかなんて、気にしない。だれもがロボットふうの動きをはじめたから、アルバとぼくも、みんなにとけこんだ。

そのとき、どうして人はダンスをおどるのかが、はじめてわかった。夢中になっておどっていると、ひとりぼっちな感じがしない。少しのあいだ目をとじたら、母さんの姿がかすかに見えた。おどっているぼくを見つめ、母さんが笑ってる。でも目を開けると、母さんはいなくなってた。

最高にもりあがったところで、ＤＪがレコードをこすりおえると、みんなが歓声をあげた。スポットライトに照らされた審査員が得点カードをあげているのが見えて、歓声のわけがわかった。三人とも十点満点だったから。

13章

量子ナビゲーションの発明

「ありがとね」

家に帰って階段のいちばん上についたとき、アルバがにっこりしていった。

「どうして？」

車いすに乗ったアルバは、手すりをもちあげて、階段昇降機からおりた。

「あの事故のあと、はじめてダンスしたの」

アルバが答える。

「ママが死んでから、楽しいことがあるなんて忘れてたから」

アルバが車いすでぼくの部屋に入ると、あとにつづいたぼくがドアを閉めた。この世界ではアルバの部屋だけど……。

ドアをそっと開けてぼくたちが家に帰ってきたとき、さきにもどっていたジョーおじいちゃんは肘かけいすで居眠りをしてた。リビングをこっそり通りすぎたとき、テレビでは『バック・トゥ・ザ・フューチャー』の一が流れてた。ようやくアルバから、母さんを見つける手がかりを教えてもらえる。

「母さんに会いたい？」

アルバに聞いてみた。

「毎日ね」

そう答えるとアルバは、天窓をとおして見える四角い星空を見あげた。

「ときどき電気をつけないで、ここにすわるの。望遠鏡で星を見て、ママが教えてくれた話をひとつひとつ思いだすんだ。そうすれば、いまでも、ママがそばにいるみたいに感じられるから」

もうすぐ母さんに会えると考えるうちに、ぼくは期待と興奮でぞくぞくした。ところが、アルバが電気をつけたとき、ひどくまずいことになってるのがわかった。望遠鏡はこれまでと変わらず、天窓に向けて置いてある。でも、本やマンガ本の山が部屋の中央にまとめて置かれ、段ボール箱がどこにもない。

「なにが起こったんだろう？」

きゅうに不安になって、アルバに聞いた。

「段ボール箱は？」

アルバは両手で、頭をかかえてる。

「おじいちゃんが、部屋をかたづけちゃったんだわ」

ふたりで作業小屋に行くと、ほかのリサイクル用のごみの下で、段ボール箱は横向きになって半分つぶれてた。となりにある緑色の生ごみ用の箱からは、くさりかけのバナナがつきだしてる。作業小屋の奥にある台の上に、母さんの量子コンピュータとガイガーカウンターが無造作に置かれてるのが見えた。父さんがやりかけにしてる日曜大工に囲まれてるようすから、すぐにでも解体されそうだ。

　作業台に近づいてノートパソコンの電源スイッチを入れてみたものの、画面にはなにも表示されなかった。バッテリー電池がなくなったんだろう。母さんに会う望みがうしなわれてしまったみたいに。

「ごめんなさい」

　アルバが車いすで、作業台に近づいてきた。

「まさか、わたしのいないあいだに、おじいちゃんが部屋のかたづけをはじめちゃうとは思ってなかったの。段ボール箱をパパの不用品だと思って、ごみといっしょにしちゃったのね」

　ぼくは、なにもいえなかった。バナナ量子論は、母さんが生きている世界を見つけるためのたったひとつの望みだった。それがだいなしにされ、ぼくはこの世界にとりのこされてしまった。母さんを見つける可能性をなくして。もとの世界にも、もどれない。

　アルバが、ぼくを見あげた。うす暗いなかで、自分と同じ目がぼくを見つめてる。アルバのまなざしから、強い決意が伝わってきた。

「ふたりで直そう」

　アルバがいう。

「作業をしながら、ママを見つけるのに役立つ量子物理学のしくみを話すね」

　ノートパソコンを充電器につなぎ、ごみ箱からバナナをとりだすと、アルバは説明をはじめた。

「原子や粒子は、すごく不思議な動きをするの……」

「そういう話は、もう知ってるよ」

　つぶれた段ボール箱の形を元にもどそうとしながら、ぼくは口をはさんだ。箱のひとすみはしめっぽくて、いやなにおいがしてくる。ディランのやつ、おしっこをしたのかも。

「同じ粒子が、同時にちがう場所に存在できることもある。だから科学者は、パラレルワールドが存在するとわかったんだ」

アルバは、しかめ面をした。テレビ番組のインタビューでくだらない質問をされて、自分の話をさえぎられるときまってする、父さんのいつもの顔つきといっしょだ。

「わたしが話そうとしてたのは、それとはちがう話！」

アルバは、むっとしながら答える。

金づちとか、ペンチとか、すごく固そうな道具のすぐそばにアルバがすわっていたから、ぼくはすぐに口をとじて、話をじっくり聞かせてもらうことにした。

「量子物理学でいちばん奇妙なのは、同じ粒子が同時に、ちがう場所に存在できることじゃないの。ふたつの異なる粒子が、まったく同じ粒子のように動けることなの」

「それって、そんなに特別かな？」

「科学者は〈量子のもつれ〉って、よんでる」

アルバが説明をはじめた。

「ふたつの粒子は、奇妙な、独特な形でペアになるんだって。かたほうの粒子になにかが起これば、どんなにはなれたところにあっても、もういっぽうの粒子にも同じことが同時に起こる」

アルバは、つづける。

「つまりふたつの粒子を、それぞれ宇宙の果てに置いたとしても、粒子同士はつながりつづける。もしも、かたほうの粒子が回転していることを確認すれば、もういっぽうの粒子もまったく同じ回転をしてるそうよ。たとえ、宇宙のかなたにあってもね。量子のもつれには、光の速度よりも速く粒子を結ぶ〝テレパシー〟みたいなつながりがあるみたい」

アルバの話に、また口をはさまずにはいられない。

「そんなの、不可能だよ」

父さんのテレビ番組で見た内容を思いだしながら、話した。

「アルバート・アインシュタインは、光より速く動くものはないといってたよ。たとえ、回転する粒子の気持ちが通じあっていてもね。科学の法則に反してるよ」

「量子物理学ではちがうの」

アルバが答える。

「粒子は、量子の状態をわかちあうんだって。たとえ、何十億光年はなれていても。アルバート・アインシュタインは、量子のもつれを〈不気味な遠隔作用〉とよんだわ。ありえないほど奇妙だと思ったのね。でも、科学者は実験の結果、量子のもつれが存在することを証明したの」

アルバが説明をしめくくるころには、はじまったときよりもっと、ぼくの頭は混乱してた。考えすぎて、頭が痛い。量子物理学のせいで頭痛がするなんて。さっさと本題に入ってもらおう。

「どうして、それが母さんを見つける助けになるんだろう？」

「わからない？」

アルバの話しぶりは、ますます父さんに似てきた。

「もつれた量子は、宇宙の果てにあってもつながりつづけられるなら、パラレルワールド同士でもつながるんじゃない？」

アルバが、作業台のペンチを手にとった。話のじゃまをしたでしょうと、なにかされるんじゃないかと少し心配になった。けど、ゆらゆらさせただけだった。

「このペンチの粒子は、ほかのパラレルワールドにあるペンチの粒子とつながりあってるにちがいないわ。ほかの世界にある同じものを見つけるには、粒子を見れば必要なものがわかるはず。ママを見つけるには、ママだけのものを使えばいいんじゃないかな。指輪とか、ネックレスとか……。それを使えば、それをもってるママがいるパラレルワールドを見つけられると思うの。ママが生きている世界を」

心のなかに、希望の小さな明かりがともった。母さんだけがもっていた、大切なもの……。

ポケットをさぐり、母さんといっしょに荒れ野で見つけたアンモナイトをとりだした。金色のらせん形をしたかたまりが、うす明かりのなかできらりと光る。それを見たとたん、アルバがはっと息をのんだ。

「父さんは、母さんのネックレスにするつもりだったんだ」

アルバに話した。

「でも、いそがしくて、できなかった」

「この世界のパパは、ネックレスにしたよ」

アルバは手をのばして、ほんものかどうかたしかめるように、化石をさわった。

「ママは毎日、アンモナイトのネックレスをつけてた。でも、ママが死んだあと、いきなりパパが、ネックレスをかべに投げつけたの。ネックレスをつけてたママが死んでしまったのに、ネックレスだけが残ってるのはつらすぎる、って。アンモナイトは割(わ)れちゃった」

アルバは着ていたT(ティー)シャツのなかから、金のくさりを引きだした。

「残ったのは、これだけ」

ぼくは、ネックレスを見つめた。金のくさりの先にあるワイヤーには、なにもついてない。それから、ぼくの手のひらにある、一億年前の化石に目をやった。これまでより、いっそう大切なものに感じる。

「これをどうする？」

「まずは、アルビーの世界のアンモナイトを使って、ママのネックレスを直すね」

アルバは、ぼくのアンモナイトに手をさしだした。

気が進まないけど、アンモナイトをアルバにわたした。アルバは首からさげたくさりをはずすと、ふたつとも作業台に置いた。くさりのワイヤーをペンチで少しずつ広げ、アンモナイトをはめると、ワイヤーをしめた。たったこれだけなのに、父さんはネックレスにする時間をつくらなかったんだ。

アルバがふりむくと、ネックレスのくさりにぶらさがったアンモナイトがきらきら光った。

「もとどおりになったみたい」

アルバはつぶやいた。

「ママが毎日つけてたのと、そっくりそのまま」

ばかみたいだけど、アルバが少しうらやましくなった。この世界の父さんは母さんにネックレスをつくったし、母さんがこの世にいなくなったとき、アンモナイトを割ってしまうほど母さんを大切に思ってた。見のがしてたことが、ほかにもあるのかな？　ぼくは、まちがった世界に生まれてしまったのかも。

アルバからネックレスを受けとり、うずまき状のアンモナイトを見つめる。これで、母さんがいる世界を見つけられるんだ。

「このネックレスをどうする？」

アルバは作業台の上にある針金やケーブル、粘着テープがまかれてるお茶のポットみたいなものを手にした。

「ここにネックレスを入れるの」

「それ、なに？」

正直なところ、化石を入れたハイテクそうなポットが、どうして母さんを見つける役に立つのかわからない。

「これは量子エンタングラー。パラレルワールドにある物体同士を、ひもづけさせるものよ」

アルバが説明する。

「わたしがつくったの。なかに入れたものの素粒子の量子状態が計算できるんだ」

アルバがもちあげた容器には、USBプラグがぶらさがっている。

「これをママの量子コンピュータにつなげれば、ほかの世界にあるアンモナイトの場所を見つけて、運がよければママがアンモナイトのネックレスをつけている世界に連れていってくれるはず」

それを聞いたとたん、思わず笑顔になった。アルバの話がほんとうなら、母さんがいるところに連れていってくれる〈量子ナビゲーション〉を発明したんだ。こんなことをいうのはおこがましいかもしれないけど、女の子版アルビーは、ほんとうにすごい！

「どうしてそんなに頭がいいの？」

アルバに聞いてみた。

「アルビーだって、わたしと同じくらい頭がいいでしょ？」

アルバがにやりとして答えると、すっかり同じ笑顔になった。

「ふたりとも、バナナ量子論を考えだしたもん。あとは、量子エンタングラーをパソコンにつなげて試してみるだけ。それでうまくいくはずよ」

「さっそく、とりかかろう」

ほんとうにうまくいくかたしかめたくて、いてもたってもいられない。

「量子のもつれを起こすんだ！」

きょうだいがいるのって、こういう感じなのかもしれない。ぼくを産んだとき、母さんはたいへんだった。それで、母さんと父さんは、ぼくのきょうだいをつくらないと決めたそうだ。

いままでは、きょうだいがいないことを気にしてなかった。いつもぼくのそばには、母さんがいてくれたから。おもしろい遊びを考えだして、ぼくの質問すべてに答えて、ひとりじゃないと思わせてくれた。でも、いま、ぼくのささえになる人はいない。父さんは、いるにはいるけど……。これまで、ぼくのそばにはいなかったから。

アルバが容器のふたを開けて、アンモナイトのネックレスを入れるのを見ながら、妹がいたらすごく楽しいだろうなと思った。いっしょに出かけたり、おしゃべりしたり、困ったときに見守ってあげたりするような。アルバは、容器のふたをとじた。この量子エンタングラーには、ふたりがもっていた母さんのものが入ってる。

「さっそく試してみましょ」

わくわくしたようすのアルバがいった。

ぼくは、量子エンタングラーのＵＳＢプラグを、ガイガーカウンターを接続していない母さんのパソコンのさしこみ口につなげた。緊張しながら、パソコンの電源スイッチを入れる。

とたんにパソコン画面がついて、数字があふれだした。0と1が次つぎと表示(ひょうじ)されていく。アルバを見たら、ぼくと同じように画面の光に照らされてる。

「動いたね」

アルバの口ぶりは、まるで動くとは思ってなかったみたいだ。

「でも、よくわからない。このデータは、ぼくの世界にあるLHC(エルエイチシー)から送られてくるんだよね。母さんのパソコンは、どうやってグリッドとつながってるんだろう？」

「これが、まさに量子コンピュータなのよ」

アルバが答える。

「ほかの世界にあるコンピュータ内のデータをコピーして、処理(しょり)するのよね。そのおかげで強力なの。同じ世界のグリッドにつながっているだけじゃなく、あらゆる世界のグリッドに……」

部屋の外から声がして、アルバは説明をぴたりとやめた。

「アルバ、ここにいるのかい？」

ジョーおじいちゃんだ。

どうしようと、ふたりで視線を交わした。父さんの作業小屋でなにをしているのか、おじいちゃんに説明するのは無理だろう。話をするひまはないし、かくれる場所もひとつしかない。アルバがおじいちゃんに返事をしているあいだに、ぼくは作業台のパソコンをかかえて、形をもどした段ボール箱に入った。

「おじいちゃん、いま行くね。リサイクルごみの分別をしてたのよ」

箱のなかでしゃがみこみ、ネコのおしっこを気にしないようにしていたら、声をひそめてアルバがいった。

「アルビー!」

顔をあげると、アルバがごみ箱から拾ったバナナをさしだしてた。黄色い皮の表面全体に茶色いぽちぽちができてて、くだもの美人コンテストには勝てそうにない感じになってる。それでも、パラレルワールドへ行くには、ぜったいに必要なものだ。

「ありがとう」

手をのばしてバナナを受けとり、ガイガーカウンターのとなりに置いた。

「なにからなにまで」

「がんばってね！」

アルバはくちびるをかんで、あふれそうになるなみだをがまんしてる。

ぼくも、なみだがあふれそうになった。時間はないけど、ひとつだけ聞いてみた。

「母さんを見つけたら、どうしてほしい？」

アルバは手の甲でなみだをふいて、いった。

「愛してるって、伝えて」

アルバが段ボール箱のふたを閉めたから、暗やみにひとり残された。パソコンの画面が緑色の光を放ち、0と1を表示させながら、量子エンタングラーのなかにある化石の量子状態を計算してる。

段ボール箱の外では、作業小屋のとびらが開いて、ジョーおじいちゃんの声が聞こえてきた。けど、おじいちゃんがなにを話したのかがわかるまえに、ガイガーカウンターがカリカリ鳴り、世界は凍ったように静まりかえった。

また、ほかの世界へ来たんだ。

なみだをぬぐって、大きく息をすって、はいてから、段ボール箱のふたに手をのばした。今度こそ、箱から出たら母さんが待っているんだろうか？

14章
理想の父さん

段ボール箱のふたを開けたとたん、なにかがおかしいと気づいた。ほんの少しまえに入ったときは、作業小屋につるされた電球ひとつぶんの明かりだけだった。けど、いまは窓からさしこむ太陽の光ですごく明るい。夜から昼へと、未来にタイムトラベルしたようだ。

この世界にはどんなちがいがあるんだろう、と緊張しながら箱から出ることにした。

作業小屋のドアは開いてる。小屋を見まわし、作業台のまえにすわってる父さんに気づいた。ぼくはおどろいて、箱から落ちそうになった。

父さんはぼくには気づかず、アンモナイトの化石をくさりにとりつけようとして、下を向いてる。もとの世界に帰ってきたのかもと思ったけど、もとの世界の化石は量子エンタングラーのなかにあるのを思いだした。

もとの世界の父さんはいそがしくて、ネックレスをつくらなかった。けど、この世界の父さんがネックレスをつくっているのなら、母さんが生きているにちがいない。

「アルビー！」

ぼくに気づいた父さんが、おどろいて、手からペンチを落とした。

「入ってきた音に気づかなかったよ」

そして父さんは、とまどったようすでたずねた。

「帰ってくるのは、あしたじゃなかったかい？　早く帰るとわかっていたら、むかえに行ったのに。ロンドンへの校外学習は、どうだった？　大英自然史博物館に行ったんだよな？」

この世界がもとの世界じゃないという、たしかな証拠だ。ぼくは、大英自然史博物館には行ったことがないから。

父さんはぼくを見つめて、答えを待ってる。だから、はじめに頭にうかんだ言葉が、とっさに口から出た。

「恐竜がいた」

「きょう……、なんだって？」

父さんは、顔をしかめた。

「そんな言葉、はじめて聞いたな。学校で習ってきた新しい内容かい？」

少しおかしな感じがしたから、あわてて話を変えた。

「なにをしてたの？」

父さんに聞いてみた。

「きょうは、鉱山で仕事しないの？」

父さんは首をふって、答えた。

「鉱山では、週に三日しか働かないのを知ってるだろう？　ほかのみんなと同じようになっているんだ」

父さんは、手のなかの化石を見つめた。あとは、ワイヤーをしめるだけのようだ。

「だから、やり残した仕事を終わらせようと思ってね」

ぼくは、ひどく混乱した。有名な科学者じゃなくて、炭鉱作業員みたいな話しぶりだ。でも、いちばん気になるのは、父さんがもってる化石だった。

「母さんにネックレスをつくってるんだね」

父さんは、アンモナイトの化石に指をすべらせた。日の光が反射して、金色に光ってる。

「ああ」

父さんは、もの思いにふけるようにうなずいた。

「おそくなっても、しないよりはましだから」

興奮した気持ちを、もうかくせない。

「母さんにわたすところを見てもいい？」

一瞬つらそうなまなざしに見えたけど、父さんは急いでそれをかくそうとした。

「いい考えだな」

父さんは、無理やりにっこりした。そしてワイヤーをしめると、アンモナイトのネックレスをポケットに入れた。

「シャーロットに会いにいくのは、ひさしぶりだな」


きょうは天気がいいのに、墓石を見つめるうちに冷たいものが骨にしみこんできた。

シャーロット・エリザベス・ブライトの
大切な思い出とともに

父さんは、墓石の上にほられた天使の首にネックレスをかけた。

この世界の母さんも死んでるなんて。母さんが死んだ理由さえ、ぼくにはわからない。ガンなのか。車の事故なのか。父さんに聞く気にもなれなかった。今度こそ、母さんに会えると思ってたのに。くちびるをかみしめてがまんしてたけど、こらえきれずに泣いてしまった。

「いいんだよ」

父さんは、ぼくの肩に手をまわしていった。

「まだ、シャーロットが恋しいよ。だから、ネックレスをつくりたくなったんだろうな。もう、何年もたったというのに。ネックレスをつくってたときだけは、シャーロットが生きている気がしたよ」

父さんはポケットからティッシュをとりだして、ぼくにわたした。

「こんなのひどい」

ふるえながらティッシュで鼻をふき、また鼻をすする。

「ひどいよな」

父さんもいう。

「だが、母さんにいわれたように、ふたりで協力すればなんとかなるさ」

荒れ野からふいてくる冷たい風が、墓地のなかを通りぬけていく。聖トーマス教会の屋根の、とがった先の影が墓石に近づくころには、身ぶるいしてた。

「シャーロットが死んだあと、どうしていいかわからなかった」

父さんは、寒さから守るようにぼくをしっかり抱きしめながら、話をつづける。

「毎日何時間も働いて、忘れようとするしかなかった。まだ当時は、炭鉱に石炭がじゅうぶんあったからな。だが、アルビーが正面から向きあわせてくれた。おまえがいてくれたおかげで、人生は生きるに値すると思えるようになったんだ。たとえシャーロットがいなくても」

顔をあげて父さんを見たら、目になみだが光ってた。

「クラス一の成績で、母親ゆずりでかしこい。シャーロットは、アルビーをほこりに思うだろう。父さんと同じようにな」

どう返事をすればいいか、わからない。ぼくは、父さんが知ってるアルビーじゃないから。でも、抱きしめられるのは、いやじゃなかった。

風が強くなり、父さんが母さんのお墓に置いた花がふきとばされた。

「いい風がふきはじめたな」
父さんは荒れ野を見わたして、いった。
「作業小屋にもどって、まえに約束していた凧をつくらないか？」

作業小屋で、父さんが凧のつくりかたを教えてくれた。長くて細い棒を二本使って十字の形にし、骨組みにするのをぼくも手伝った。凧の真ん中を補強するためにひもをぐるぐるまいて、棒の先に切りこみを入れて、ひもを通す。それから、リサイクル用の古新聞をとりだして、凧の骨組みにはりつけた。

古新聞をはりつけながら、一面の見出しをいくつか読んだ。〈エネルギー危機〉〈石炭がなければ機能停止〉〈停電へのストライキ〉……。

この世界では、ものごとがうまくいってないみたいだ。そのせいで父さんは、週に三日しか働いてないと話したのかもしれない。でも、父さんが凧の骨組みに長いひもをとりつけたから、それ以上新聞を読む時間はなかった。

「完成だ」

父さんは、新聞紙でつくった凧をもちあげた。

「荒れ野へ行って、あげてみよう」

凧をもって丘をのぼっていると、凧が風にふかれて自由になりたがってるみたいだった。ふたりで歩きながら、校外学習や友だちのこと、週末になにをしたいかなどを父さんから聞かれた。

頭のなかでは、考えがうずまいてた。この世界のアルビーが、どんなふうに答えるかわからない。ほんもののアルビーは六組のみんなとロンドンにいるから、父さんを一日借りてる気分だ。でも、ほんとのところ心の奥底では、ここにずっといられたらいいのにと思いはじめてた。

丘のてっぺんで凧につないだひもをもつと、凧をあげるために父さんは走ってくれた。父さんが手をはなしたら、たちまち凧は紙飛行機みたいに空へ舞いあがった。凧が回転したり、引っぱったりするたびに、ぼくは急いでひもをのばした。荒れ野にふく凧に乗り、凧はぐいぐい高くあがっていく。ここからでも、聖トーマス教会が見える。凧が教会のとがった屋根よりも高くあがるのを、父さんといっしょに見守った。

「アルビー、しっかりつかんでろよ」

父さんは手を目にかざして、太陽の光をさえぎりながらいった。

「手をはなしたら、だめだぞ」

そのとき、ぼくは母さんを思っていた。どんなにか、母さんの手をはなしたくなかったかを。


父さんがチーズトーストをつくってくれるのを、ぼくは家のキッチンテーブルで見ていた。

くたくただけど、幸せな気分だ。しばらく凧をあげてから作業小屋へもどると、車が飛行機に変身して、また車にもどる実物大のロボットを段ボール箱でつくろうと父さんがいいだした。古い型のビデオカメラで、映画もつくった。地球を侵略してきた邪悪なロボットを、ぼくがやっつける映画だ。

　バナナ量子論の段ボール箱は、安全なところに移動しておいたから、心配ない。学校の研究課題に使うと話して、父さんといっしょに自分の部屋に運んでいったから。課題を手伝おうかと父さんにいわれたけど、ぼくが量子物理学の説明をしたら、おかしな感じがするだろう。

　でも父さんとは、ずっとしゃべりつづけてた。ぼくの質問に、父さんはなんでも答えてくれた。母さんがしてくれたのと、同じように。父さんといっしょにいるのがこんなに楽しいのは、はじめてだった。この世界の父さんは、まえに図書担当のフォレスト先生からすすめられた『ダニーは世界チャンピオン』に出てくるお父さんに、性格がそっくりだった。

　キッチンの窓からさしこんでくる光が弱くなったとき、父さんはチーズトーストをお皿にのせた。

「アルビー、いつもより静かだな」

父さんは、お皿をキッチンテーブルに運びながらいう。

「なにを考えてるんだい？」

この世界のアルビーがどんなふうに話すのか、と心配するのはやめにした。かわりに、学校のことをあらいざらい父さんに打ちあけた。ウェスリーにいつもうでの同じところをパンチされるせいで、しくしく痛みつづけてるんだって。ヴィクトリアに、おまぬけさんとよばれていやな思いをしてる。親友のキランが世界で最初になにかを宇宙へ飛ばしたがってるのに、なにを飛ばせばいいかわからないという話もした。

父さんはぼくの話に耳をかたむけ、たまに質問してきた。チーズトーストを食べながら話をするうちに、なにもかもだいじょうぶという気持ちになれた。

ぼくはパラレルワールドからやってきたアルビーで、べつの世界では悪アルビーや女の子のアルバと会っていて、量子物理学を使って母さんを見つけようとしてるのにうまくいかないことも話そうとした。でも、そのまえに、すべての明かりが消えた。

15章

ふたつの月

「停電？」

父さんに聞いた。父さんが、キッチンの引き出しをさぐる音が聞こえる。それから、マッチの火がついた。

「アルビー、そろそろ夜間の電力制限になれないとな」

父さんは、火をつけたろうそくをテーブルに運びながらいった。

「石炭が枯渇したせいで、政府が電力の供給を制限してるんだ。ロンドンでは、もう少しおそい時間まで電気を使えるかもしれないが、ここでは毎晩九時に電気が消される。チーズトーストを食べているとちゅうでも、おかまいなしさ」

父さんはテーブルの真ん中にろうそくを置くと、トーストの残りを食べはじめた。オレンジ色に光るろうそくの明かりに照らされた父さんの顔は、心配そうだ。

「アルビー、だいじょうぶかい？ ロンドンで頭をぶつけてないか？」

首をふったものの、ぼくは心のなかで後悔(こうかい)した。段(だん)ボール箱に入ってから、こんなに心おだやかな気持ちになれてるというのに。この世界に母さんはいないけど、父さんが精(せい)いっぱい、おぎなってくれてる。なのに、まずい質問(しつもん)をして、ボロを出すところだった。この世界の人間じゃないのがばれないように、頭をはっきりさせないと。

「父さん、だいじょうぶだよ」

ぼくは、早口でいった。

「外の空気をすってこようかな」

父さんは、窓(まど)から外を見た。空はほとんど真っ暗で、星がかがやきはじめてる。

「望遠鏡を外に出そうか？」

父さんは、お皿をかたづけながらいった。

「もうすぐ、月が出るだろう」

家と庭のあいだに石をしいてつくったパティオに、父さんが望遠鏡を置いた。ぼくはフリースの上着を、この世界のアルビーから借りて着たけれど、荒れ野からふいてくる風が雲を流すなかで身ぶるいした。

うしろをふりかえると、暗やみのなかに家が見える。あしたの朝まで電気はつかない。口をとじておかなきゃとわかっているのに、新聞の見出しや父さんの話から生まれた小さな心配の虫が、頭のなかで大きくなっていく。

「父さん、石炭がなくなったら、どうなるの？」

望遠鏡のファインダーから目をあげた父さんの顔半分が、影にかくれてた。

「ほかの仕事を見つけないとな」

父さんは、じょうだんめかしていう。

「ほるものがなくなれば、炭鉱にもぐる意味はなくなる」

「でも、父さんは科学者なのに」

「そうなら、よかったよ」

父さんが笑う。

「アルビー。きょうは、おもしろいことばかりいうな。父さんは炭鉱作業員だぞ。亡くなったジョーおじいちゃんと同じように」

話の後半部分を聞いて、見えないパンチをおなかにくらったみたいに感じた。この世界のおじいちゃんはどこにいるんだろう、と思ってたから。おじいちゃんも亡くなってたなんて。この宇宙が、さらに少しちぢんだ気がする。

量子物理学は、母さんを見つける手助けになると思ってた。けど、大好きな人たちを奪いさっていくだけみたいだ。なみだがこぼれそうになるのを、くちびるをかんでがまんした。

「アルビー、心配ないさ」

父さんは、ぼくの顔を見ていう。

「政府が、解決方法を見つけてくれるだろう。数年前に石油がなくなったとき、新しい燃料資源を見つけるために、優秀な科学者を集めたチームがつくられたんだ。あと何年かは石炭でしのげるから、それまでに解決方法が見つかるはずだ」

べつの世界の父さんは、常温核融合という、ただで使える無限のエネルギーを開発したのに。この世界の父さんは、暗やみですわってるだけだなんて。

「ごらん」

父さんが空を指さすと、なにかの光に照らされて、父さんの顔が見えた。

「月が出たよ」

雲が切れはじめた夜空を見あげたとき、自分の目が信じられなかった。ふたつの満月がならんでる。二重に見えてるのかと思って、目をぎゅっとつぶった。そして目を開けてみても、やっぱり月はふたつある。父さんの本に書いてあった話を、また思いだした。小さな変化が……。

「月がふたつある」

ぼくは、ささやいた。

「いつもどおりに、な」

父さんがにっこりする。

「そんなにおどろくことじゃないだろ。さて、アームストロングとガガーリンが月に着陸した場所を見られるかな」

望遠鏡をのぞきながら、父さんは第一の月と第二の月の地形を教えてくれた。〈静かの海〉と〈嵐の大洋〉、〈アペニン山脈〉と〈フラ・マウロ高地〉をそれぞれしめして、アポロ十三号が着陸した場所だと教えてくれた。第一の月にある大陸や峡谷、クレーターや山脈は、どれもすごくなじみがある。ぼくが見るかぎり、第一の月は母さんが死ぬまえに毎晩見ていた月とまったく同じだ。

でも、第二の月は見なれない薄い青みがかった灰色で、望遠鏡をとおして見ると、新しい世界を探検してるように感じた。父さんは、ユーリ・ガガーリンがルナ3号で月面着陸したという〈不確かな海〉を指さした。〈ハイゼンベルク山脈〉に囲まれている〈ハチミツの海〉があり、その中央には巨大な〈エヴェレット・クレーター〉が、大きな目みたいにぼくを見おろしてる。この第二の月は、第一の月とはなにもかもちがっていて、男の人の顔に見える影もある。

ふたつの月に照らされ、父さんが温めてくれたココアをすすりながら、石の階段にすわった。父さんのとなりにすわっていると、ようやく自分の居場所にもどった気分になれる。けど、夜空にうかぶ巨大な証拠のせいで、もとの世界じゃないとわかる。

「じつをいえばな」

父さんは、ココアをすすりながらいう。

「おまえの母さんなら、エネルギー問題を解決できたと思うんだ。シャーロットはいつでも、すばらしいアイディアを考えだしたからね。アルビーが赤んぼうのころ、ぐずるとよく荒れ野を散歩させてたんだ。そのときにはふたりで、石炭が枯渇したらどうすればいいか、いろいろ話しあったよ。アルビーが乗っていたベビーカーについてた、おもちゃの小さな風車が風でくるくるまわるのを見て、風変わりな計画を思いついたんだ」

「荒れ野じゅうに風車をつくったらどうだろうと、ね。風の力でエネルギーを生みだせば、クラックソープ村が必要とする電力をまかなえるんじゃないか……。父さんは夢物語みたいだと思ったが、母さんはうまくいくと考えてた」

父さんはココアを飲みほすと、力なく息をはきだした。

「だが、シャーロットの具合が悪くなり、とほうもない夢を追いかける時間はなくなった」

ぼくは、父さんを見た。暗やみを見つめる父さんのひとみのなかで、ふたごの月が悲しそうに光を放ってる。もとの世界では、父さんは科学者だ。もうひとつの世界では、世界を救ってた。そしていま、この世界でも父さんが、同じことをやってのける可能性はじゅうぶんにある。

「ねえ、これからためしてみようよ」

父さんに提案した。父さんはびっくりし、ぼくをまじまじと見返して、大声で笑った。ぼくの目には、もとの世界の父さんが、テレビ番組でおかしな実験をしようとするときと同じまなざしが見える。

「わかった」

父さんは、にっこりしていった。

「やってみよう」

ろうそくとランプをつけた作業場で、ぼくたちは仕事にとりかかった。父さんは、ジョーおじいちゃんが乗っていた古い車からオルタネーターをとりだし、作業台に置いた。風力タービンの発電機に使う予定だ。ぼくは、〝自分の自転車〟から後輪と歯車をはずしにかかった。この世界のアルビーが見つけたとき、気にしないといいんだけど。

作業台では、キッチンのブラインドからつくった風車の羽根を、ねじで、父さんがはめあわせていた。ブラインドを同じ大きさに切りそろえ、らせん状(じょう)に曲げてから、ねじを使って羽根に強度をくわえる。

その作業が終わると、父さんは自転車の後輪をはずすのを手伝ってくれた。はずした後輪を作業台に運ぶと、風車の羽根にとりつける準備が整った。

「ほんとうに、うまくいくと思うかい？」

父さんが聞いてきた。自転車の後輪に、父さんが羽根をボルトでしめる作業を見守り、ぼくはわくわくしながらうなずいた。

「未来のエネルギーだね」

もとの世界の荒れ野に広がっていた風車を思いだしながら、父さんに話す。

「風力発電のいちばんいいところは、いつまでもなくならないことだもん」

作業小屋のかべ時計を見たら、真夜中だとわかった。ぼくは二十四時間ちかく寝ていないんじゃないかな。これまで三つのパラレルワールドを旅して、それぞれの世界の自分と出会い、カモノハシのはく製をぬすんだり、ヒップホップのダンスをおどってきたりした。でも父さんといっしょに、風車に滑車や歯車をとりつける作業をしていると、不思議と少しもくたびれない。

もとの世界の父さんに望むのは、世界じゅうをかけめぐるのをやめて、ぼくといっしょにいてほしいことだけだ。たまにいるだけじゃなくて、ぼくが必要なときにいてくれる父さんがほしい。母さんがしてくれたみたいに、ぼくの話を聞いてくれる父さんが……。この世界は夜空に月がふたつあるけど、ぼくはようやく、望んだものを手に入れられた。

父さんが作業小屋の屋根にとりつけた、手づくりの風車を見あげた。かたむきはじめた青みがかった灰色の第二の月に照らされて、風車の羽根と自転車のタイヤの影が見える。

「準備は、いいかい?」

父さんが声をかけた。ぼくがうなずくと、父さんはスイッチを入れた。風車の羽根がまわりはじめ、自転車のタイヤが回転すると、庭につるした豆電球に明かりがついて、一瞬で夜から昼に変わった。

「うまくいったんだな」

父さんが信じられないというように、首をふる。

「シャーロットはいつも、うまくいくといってたよ。じゅうぶんな風とタービンになるものさえあれば、村じゅうの電気をまかなう電力を生みだせるって。もしかしたら、世界じゅうだって、となし」

父さんは、にっこりした。

「やったぞ、アルビー！」

だしぬけに、信じられないくらいのつかれを感じた。すごくうれしい気持ちを父さんに伝えたいのに、口を開けると大きなあくびしか出てこない。

「ほらほら」

父さんは、ぼくの肩に手をまわした。

「世界を救うためのひと晩の働きとしては、じゅうぶんだよ。もう寝なさい」

屋根裏部屋に行き、バナナ量子論に必要なものが入った段ボール箱が部屋のすみにあるのをたしかめた。

ベッドにすわると、目を開けてるのがやっとだった。

「すぐ、寝たほうがいい」

父さんが、ドアのところから声をかけてきた。

「あした、発明を進める時間はたっぷりあるんだから。ロンドンに行って、エネルギー問題にとりくんでいる政府の科学者たちに見せてもいいかもな。ついに実現可能な解決方法を見つけたと、知らせてやろう」

「父さん、すごいね」

ぼくは、あくびをこらえていう。

「とびきりすてきな日だったよ」

父さんが、にっこりした。

「シャーロットのいうとおりだったな。ふたりで協力しあえば、なんとかなる」

父さんは静かに部屋のドアを閉め、ぼくをひとりにしてくれた。

天窓から、ふたつの月を見あげた。あしたになれば、この世界のアルビーが帰ってくるとわかってる。ベッドから立ちあがって、段ボール箱に入らなきゃ。でも、心底くたびれてたから、横にならずにはいられなかった。ほんの少しだけ目をとじて、休もう……。


「父さん、ただいま！」

ぼくの声が階段の下からして、これまでいちばん深い眠りからさめた。しばらくのあいだ、どこにいるのかわからなかった。それから、かべにはってある太陽系の地図に気づいた。地球をまわる軌道にある、ふたつの月も。

ようやく思いだした。これは、ぼくのベッドじゃない。この世界も自分のじゃない。

父さんの声も下から聞こえてきた。

「アルビー!?」

この部屋にいても、父さんがおどろいているようすが伝わってくる。

「夜中まで寝なかったのに、こんなに早く起きてくるとは思ってなかったよ。風車のようすを見ようと、庭に出たんだ。ほら、まだまわってるぞ」

「風車って？」

ぼくはベッドから飛びだすと、部屋のすみにある段ボール箱へ大急ぎでかけていった。もうこの世界には、いられない。この家にいるのは、ぼくの父さんじゃない。一時的に借りただけなんだから。

段ボール箱に入ると、ひざを胸に近づけて体をちぢめ、ふたを閉めた。母さんのノートパソコンは、画面に0と1を表示しながら静かに動きつづけてる。ひとにぎりの羽がパソコンのキーボードにちらばっているのを見て、ガイガーカウンターと量子エンタングラーがちゃんとつながっているかを急いで確認したとき、階段をのぼってくる音が聞こえてきた。

バナナをつかむと、皮の下でやわらかくなってるのがわかった。スーパーマーケットの食品には、賞味期限がついてる。けど、ぼくがいま知りたいのは、バナナから放射性物質が出るのはいつかということだけ。バナナがくさって原子が崩壊すれば、ガイガーカウンターの音がして、この世界からいなくなれるから。

これまで見つけたパラレルワールドでは、母さんは生きていなかった。もういちど母さんを見つけられるとは、とうてい思えない。そのとき、きのう父さんがいった言葉を思いだした。

「シャーロットが死んだあと、どうしていいかわからなかった。だが、アルビーが正面から向きあわせてくれた。おまえがいてくれたおかげで、人生は生きるに値すると思えるようになったんだ」

もとの世界の父さんは、まだどうしていいかわからないでいるだろう。でも、ようやく、父さんもぼくを必要としているとわかった。

バナナをガイガーカウンターに近づけて、もとの世界にもどしてほしいと祈った。

カリカリッ。

すると、世界がふるえたように感じ、真っ暗になった。

16章

母さんとの再会(さいかい)

外になにがあるかを見るのがこわくて、すぐには箱を開けられない。時間かせぎをするように、アルバの量子(りょうし)エンタングラーを手にとってふたを開け、アンモナイトの化石を手のひらにのせてみた。

これはすごい計画なんだと、自分にいい聞かせる。うまくいかなかったのは残念だけど。

大きく息をすってから、段(だん)ボール箱のふたを開けた。真っ暗だ。ちがう世界へ移動(いどう)するときに、バナナ量子論(りょうしろん)がいたずらをして、朝から夜に時間を飛ばしたにちがいない。

　でも、箱から出て部屋を見まわすと、もとの世界じゃないとわかった。自分の部屋でもない。天窓は同じ位置にあるけど、望遠鏡がないし、床には本やマンガ本の山がない。けど、暗さに目がなれて、かべのものが見えてきたとき、じっと見つめずにはいられなくなった。

　赤いぼうしに青い色のダッフルコートを着た、〈くまのパディントン〉だ。スーツケースにすわって、マーマレードのサンドイッチを食べてる。見ると、かべいっぱいにたくさんのパディントンがいた。このかべ紙は、ぼくが赤んぼうのときに、部屋にはられてたものだ。ふりかえると、ぼくのベッドがあるはずのところに、赤ちゃん用の白いベッドがある。

　しばらく動けなかった。この状況を理解しようとすると、頭のなかでエラーメッセージがチカチカと点滅する。そのとき、階段をのぼってくる足音がして、ドアが開き、だれかが部屋に入ってきた。

「また、あのネコかしら……」

母さんだ！

階段のおどり場にある明かりに照らされ、母さんの姿が見える。濃い色の髪の毛は、病気になるまえと同じだ。母さんは、ぼくが立っている暗がりに目をこらした。

「だれかいるの？」

ようやく母さんを見つけられたのが信じられなくて、ぼくは少しのあいだ、立ちつくしてた。それから、暗がりから進みでた。

「ぼくだよ。アルビーだよ」

ひどくうろたえた顔つきで、母さんに見つめられた。母さんが手をあてたおなかがふくらんでたから、赤ちゃんがいるのがわかった。そのとき母さんのひざががくんと折れたから、ぼくはいそいでかけよった。

「まさか、そんな……」

体をささえて、ドアのそばにあるいすにすわるのを手伝っていると、母さんがつぶやいた。母さんの首には、アンモナイトのネックレスがさがってる。薄明りのなかで、化石が金色に光る。

「ありえないわ」

ぼくは母さんのとなりにひざをついて、返事をするかわりに首をふった。

「できることを見つけるだけじゃなく、できないことに挑戦するんでしょ。母さんが、そういったんだよ」

にぎっていた手を開いて、もっていたものを見せた。手のひらの上で、アンモナイトが金色に光った。母さんの首からさがっているのと、まったく同じだ。

母さんは信じられないようすで、アンモナイトを見つめつづける。それから、まじまじとぼくを見た。

「アルビーなのね」

ぼくの顔に手をのばしながら、母さんがささやいた。

「そのまなざしを、忘れるものですか」

ほっぺたに、はらはらとなみだが落ちる。どうして、母さんは悲しんでるんだろう。やっと、母さんと出会えたのに。

「でも、どうやって？」

母さんは静かなため息とともに、聞いてきた。ぼくは、これまでのできごとをすべて話した。もとの世界で母さんが死んでしまい、量子物理学ではパラレルワールドのなかに母さんが生きている世界があると、父さんから教えてもらったことを。母さんを見つけるためにバナナ量子論を考えだし、となりの家のネコを誘拐して、パラレルワールドを旅してきたことを。底意地の悪いアルビーに会って、カモノハシのはく製をぬすまなきゃならなくなったことを。アルバと、交通事故のことを。そして、母さんに会ったら「愛している」と伝えてほしいと、アルバからたのまれたことを。母さんがいなくなって、父さんがどうしていいかわからなくなってることを。ぼくと同じように。

母さんは、ぼくの手をにぎりながら話を聞いてた。いつも、そうしていたように。

「ねえ、ぼくのものはどこにあるの？」

話が終わって息をついたとき、部屋を見まわしながら母さんに聞いた。

「また赤んぼうが生まれるから、この部屋から追いだされたのかな？」

母さんは目になみだをうかべて、ぼくを見つめてる。

「ここはアルビーの部屋よ」

母さんの声は、少しかすれてた。

「赤ちゃんのときに、アルビーは死んでしまったの。お医者さまが手をつくしたけれど、心臓（しんぞう）はもちこたえられなかった」

母さんの手をにぎりしめてるのに、ぼくはブラックホールに落ちていきそうに感じた。父さんの本に書いてあったパラレルワールドにある小さなちがいは、この世界ではぼくなんだ。

「わたしも父さんも、ひどく打ちのめされたわ」

母さんは、なみだをぬぐいながら話した。

「この部屋は何年も、そのままにしていたの。また赤ちゃんをほしいなんて、思ってもみなかったから。アルビーを抱きしめたいとしか考えられなかったし、ほかの子を抱きしめたいなんて思わなかったもの。でも今年になって、おなかに赤ちゃんがいるのに気づいて、検査を受けたら女の子だとわかったの」

ぼくは血が出そうになるほどくちびるをかみしめて、がまんした。けど、泣かずにはいられない。赤んぼうだったアルビーが大きくなれなかったのを泣いているのか、けっして会うことのない妹の赤ちゃんを思って泣いているのかはわからない。

アルバを、ジョーおじいちゃんを、悪アルビーさえも思ったけど、ぼくはほとんど、母さんを思ってた……。母さんは泣いているぼくを抱きしめて、頭をなで、わたしはここにいるといってくれた。母さんは、記憶のなかの母さんと、まったく同じだった。

それでも、まだ聞かなきゃいけないことが、ひとつある。

「母さんは天国を信じる？」

両手で顔をつつまれたまま上に向けられ、ぼくは夜空を見あげた。夜のやみのなか、白く小さな星たちがまたたいている。

「何百年もまえ、人間は空を天国とよんでいたのよ」

もぐりこみたくなるような、ぬくぬくとした気持ちいい毛布みたいな声で、母さんは話してくれた。

「空に見える、太陽と月や数えきれないほどの星をね。いまでは、これは銀河系で、一千億の星があることが知られているわ。そして、こうしているあいだにも、何千もの星が新たに生まれ、同じように何千もの星が死んでいる。超新星爆発が起こると、星をつくっているあらゆるものが、ばらばらになる。水素、ヘリウム、酸素など、すべてね。そういうものが宇宙にちらばって、最後には、また新しい星や天体ができるの。わたしたちも同じよ」

母さんは、にっこりした。

「アルビーのなかにも、わたしのなかにも天国のかけらがある。わたしたちはみんな、星のかけらでできているの」

それから母さんは、ぼくをしっかり抱きしめて、耳もとでささやいた。

「アルビー、天国があるってわかるわ。だって、またアルビーに会わせてもらえたんだもの」

ぼくは思いきり、母さんに抱きついた。ずっとそうしていたかったけど、そろそろおしまいにしないと。

母さんのいない世界が想像できなくて、ここまでやってきた。けどいまは、もとの世界でぼくを必要としている人がいるのに気づいたから。

「行かなくちゃ」

ぼくはなみだをぬぐって、立ちあがった。

「父さんのところに帰るね」

母さんは、ゆっくりうなずいた。目にはまだ、なみだが光ってる。

「アルビー、さようなら」

母さんがいう。

「愛してるわ」

「母さん、ぼくも愛してる。いつまでも大好きだよ」

母さんに背を向け、ふりかえらずに段ボール箱に入った。そうしないと、ぜったい行けないと思ったから。箱のふたを閉めながら、体をちぢめる。泣きさけぶのをがまんしてたら、肩がふるえだした。

そのとき、ディランがひざに飛びのった。つめで引っかかれると思ったのに、のどをゴロゴロ鳴らしたから、ぎゅっと抱きしめた。バナナ量子論が、もとの世界に連れていってくれるかどうかは、わからない。パラレルワールドは無限にあると父さんはいってたけど、ディランは連れもどしてもらえると信じてるみたいだ。

「バナナがくさって、放射性物質が出るのを待てばいいんだよ」

ディランの耳もとでささやくと、あたたかくて、ちょっと汗っぽい毛がぼくの顔にあたった。

「そしたら、どの世界へ来たか、わかるんだ」

まさにそのとき、ディランがバナナを食べた。飲みこんだとたん、ディランは毛玉をはきだすときみたいな、すごくおかしな音を出しはじめた。ぼくの足につめを立て、死にそうな声で鳴いてる。精神に異常をきたしたネコといっしょに箱にとじこめられたまま、ゾンビになるんだろうか？

父さんの本によれば、放射性物質が崩壊するときに世界がふたつにわかれる、という話だった。でも、〈量子デコヒーレンス〉という量子の干渉が起こると、わかれた世界はひとつにもどるらしい。バナナの放射性物質はディランのおなかにあるから、とても重大な干渉になるはずだ。知りたいのは、ただひとつ。ディランのせいで、もとの世界にもどれるのか、ブラックホールに送りこまれるのか？

するとディランは、バナナをはきだした。皮も、身も、すべてガイガーカウンターの上に。くいこませたつめをディランがゆっくりはなしたとき、箱のすきまから光がさしこんでくるのに気づいた。夜から昼に変わったんだ。気がつかないうちに、べつの世界に来ていたんだろう。

外で、なにが待ちうけているのかわからなくても、ディランはぐずぐずしなかった。段ボール箱のふたを鼻でおしあけて、猛ダッシュで飛びだした。

「うわ、なんだ？」

そっと箱の外を見ると、ぼくの部屋のドアに父さんが立ってる。足のあいだをかけぬけて階段をかけおりていったディランを、父さんがおどろいたようすで見おろしてた。

ぼくの世界にもどってきたのかをたしかめるために、部屋を注意深く見まわした。なにもかも、もとの世界のままだ。望遠鏡、本、マンガ本……、かべにある太陽系の地図にはすべての惑星が正しい位置にあるし、月の数もひとつ。やった！　もどってきたんだ！

ディランがバナナを食べたせいで、誤作動が起きたにちがいない。バナナ量子論がリセットされて、はじめにいた世界にもどされたんだ。ほっとして、息を大きくはいた。あとで、ディランにごほうびをあげよう。

段ボール箱から出てきたぼくを、父さんがいぶかるように見た。

「ジョーおじいちゃんから、アルビーが学校を早引けしたと聞いてね」

ぼくはうなずき、いつもの生活にもどることの大切さについて、父さんが話しはじめるのを待った。

「父さんもだよ」

目にはなみだがあふれ、ぼくをしっかり抱きしめた。ぼくも泣いていた。でも、父さんの「だいじょうぶだよ」という言葉は聞こえてた。

牧師さんからわたされた本には、悲しみを乗りこえるには五段階あると書いてあったけど、大切な人をうしなったときの決まりごとなんて、あるとは思えない。ぼくたちにできるのは、悲しみを乗りこえる望みをもつことだけだ。

父さんはポケットからティッシュをとりだして、ぼくににぎらせた。

「ふたりとも、早く帰ってきたんだから」

父さんは、ぼくがなみだをふくあいだも、しっかり抱きしめていた。

「いっしょに、なにかしようか？」

母さんは、この世界からいなくなった。でも、まだ父さんがいて、ぼくたちは生きつづけなきゃいけない。それが、母さんの望みだ。だからぼくたちは、この世界で生きつづける。

17章

宇宙葬

学校の講堂は、科学研究発表会に集まった人でいっぱいだった。テストの時間みたいに、テーブルが何列もならべてある。でも、つまらないテストのかわりに、どのテーブルにも、さまざまな科学の研究課題が置かれてた。

オリヴィアはジャガイモ電池で動く時計を、マイケルはプログラムで動くマイコンカーを、ミーラはドライアイスからシャボン玉をつくる装置を展示している。ミーラは大きいシャボン玉を編み針でつついて割り、ドライアイスの煙を出してた。

六組の生徒の親たちが通路を歩きながら、研究をじっくりながめては、感心してる。

ヴェスヴィオ山の模型で実験しているヴィクトリアのテーブルには、小さな人だかりができてた。火口にお酢を入れると、てっぺんから溶岩のあわがふきだした。ヴィクトリアは芝居がかったようすで、うしろにさがる。

溶岩色のどろどろしたものが、紙と水でつくったパピエマシェの火山を流れくだり、ポンペイの町を飲みこむ。レゴブロックの兵隊やおもちゃの動物たちは、つくりものの溶岩におおわれた。みんなから、拍手が起こった。ヴィクトリアは、一等賞に選ばれるのはまちがいなし、といったようすで完全にうぬぼれてる。

ベンジャミン先生が外へ出るようにと、みんなを案内しはじめた。キランのあとにつづき、父さんとぼくは大きな風船をかかえて、両開きのドアから校庭へ向かった。

そのとき、ウェスリーから、人なつこく笑いかけられた。ウェスリーが立ってるテーブルのまえには、手づくりのポスターがはってある。〝カモノハシは、エイリアンか、否か？〟

テーブルに置かれたガラスケースには、カモノハシのはく製が入ってる。父さんがクラックソープ自然史科学博物館にたのんで、科学研究発表会のために学校へ貸しだしてもらったものだ。これでもう、うでの同じところをパンチされる心配をしなくてすむ。

先生や生徒、親たちのほとんどが、校庭に出てきた。クラスごとに一列にならび、科学研究発表会最大の見せ場を待ちこがれてる。テレビ番組に出てる有名人で、ぼくの父親としても知られてる、その人を見ようとして。けど低学年の子たちは、子ども向け番組の有名人じゃないから、少しがっかりしてるみたいだ。

キランは父さんの意見をとりいれて、ポニーの風船を宇宙へ飛ばすのをやめた。かわりに、父さんがテレビ番組から借りてくれた高高度気象観測気球を使うことにした。それには、母さんの遺灰が入った、アルバの量子エンタングラーをつなげてある。

「宇宙に遺灰を飛ばすのが、世界ではじめてじゃなくてごめんね」

校庭の真ん中で、ぼくはキランに伝えた。

「宇宙葬、っていうのがあるんだって」

キランが首をふり、ぼくたちは晴れわたった青空を見あげた。

「アルビーのお母さんは宇宙に飛んだ、はじめてのノーベル賞受賞者になるよ」

キランがいう。

「科学界の天才だね。テレビで、そういってた」

ぼくが、母さんの量子コンピュータを使ってバナナ量子論の実験をしたから、すべてのデータがグリッドを通して、セルンに送りかえされていた。そのデータがパラレルワールドの存在を証明しているらしく、科学者たちは騒然としたようだ。亡くなった人が選ばれたことはないけど、母さんはノーベル物理学賞を受賞するかもしれない。

抱きしめるようにして気球をかかえてたら、父さんがぼくの肩に手を置いた。気球のなかのヘリウムガスが、空に飛んでいこうとしているのが体に伝わってくる。

「いいかい？」

父さんが聞いてきた。たいていの場合、大切なものはしっかりつかまえておかないといけない。空にあげた凧のように。でも、ときには手をはなさなければならないのもわかってる。

顔をあげて父さんを見ると、ぼくは静かにうなずいた。それから、手をはなした。気球が空高くあがっていくのを、みんなが歓声をあげて見つめてる。手を目にかざして太陽の光をさえぎりながら、気球を見あげた。ビーチボールくらいの大きさに見えてたのに、どんどん小さくなっていく。

気球の下に、量子エンタングラーが太陽を反射して光ってるのが、まだ見える。とりつけてある高度計で成層圏まで達したとわかると、量子エンタングラーのふたが自動的に開いて、母さんの遺灰がまかれるしかけになってる。

人間はみんな、星のかけらでできている。夜、空を見あげれば、母さんはいつもそこにいるだろう。天国に。

訳者あとがき

この物語は、量子物理学という科学を利用してパラレルワールドへ行くSF冒険ファンタジーといってよいでしょう。舞台は、イギリスにある架空の村。荒れ野が広がる夜空には星がたくさん見える自然豊かな場所です。

そのいっぽう、スイスにあるセルン（素粒子物理学研究所）やロンドンの大英自然史博物館は実在するし、アルバート・アインシュタインやスティーブン・ホーキングは有名な科学者です。映画『バック・トゥ・ザ・フューチャー』や『スター・ウォーズ』は日本にも根強いファンがいます。

パラレルワールドを知っていても、量子物理学についてくわしい読者は多くないはず。そもそも本書に出てくるような内容を習うのは高校から先なので、小学生や中学生のみなさんは知らなくてあたりまえなのです。かくいう訳者のわたしも、はじめて原書を読んだときは、アルビーと同じように専門的な話にまったくついていけませんでした。それでも読む手を止められなかったのは、先の読めないストーリー展開とアルビー少年が母親を想う気持ちのおかげでした。

「バナナ量子論」そのものは奇想天外ですが、作者は説明に矛盾がないか専門家にチェックしてもらったそうです。日本語に翻訳するときは、東京大学国際高等研究所カブリ数物連携宇宙研究機構教授の横山広美先生に訳文を読んでいただけたので、とても心強かったです。そして、「男子でも読みたくなる表紙」というくもん出版の谷さんの提案を、ウチダヒロコさんがみごとに表現されました。みなさんに、心から感謝します。

この本の訳出には『パラレルワールド』(ミチオ・カク著/日本放送出版協会)、『サイエンス・インポッシブル』(ミチオ・カク著/日本放送出版協会)などを参考にしましたが、基本的な内容を理解するには科学雑誌「ニュートン」(ニュートンプレス)がわかりやすくて役立ちました。作者自身も、科学を使ってパラレルワールドへ行く物語を思いついてから、量子物理学を勉強したそうです。

この本で、物語好きな人が科学に興味をもち、科学好きな人が物語に興味をもつような橋わたしができたら幸いです。

「できることを見つけるだけじゃなく、できないことに挑戦」しましょう!

二〇一七年八月

横山和江

作者　**クリストファー・エッジ**　Christopher Edge
イギリスのマンチェスターで生まれ育つ。子どものころから作家になるのが夢だった。歴史ミステリーを描いた "Penny Dreadful" シリーズのほか、物語の書き方を指南する "How To Write Your Best Story Ever!"、スリラーものやアクションものなど作品は多岐にわたる。本作は2017年カーネギー賞にノミネートされたほか、イギリス現地での賞に選ばれている。最新作の "The Jamie Drake Equation" は、宇宙飛行士の父親を持つ少年の物語。
作者公式ウェブサイト：http://www.christopheredge.co.uk

訳者　**横山和江**（よこやま・かずえ）
埼玉県生まれ。児童書の翻訳のほか、読み聞かせ活動などをおこなっている。訳書に『300年まえから伝わる　とびきりおいしいデザート』（あすなろ書房）、『わたしの心のなか』（鈴木出版）、『ノラのボクが、家ネコになるまで』（文研出版）、『14番目の金魚』（講談社）、『サンタの最後のおくりもの』（徳間書店）、「クマさんのおことわり」シリーズ（岩崎書店）、「サラとダックン」シリーズ（金の星社）など。20周年を迎えた「やまねこ翻訳クラブ」会員。
http://www.yamaneko.org/

イラストレーター　**ウチダヒロコ**
幼少の頃から植物採集とお絵描きに熱中。奈良女子大学理学部で生物学の基礎を身につけ、神戸大学臨海実験所で研究支援（テーマは藻類の光合成色素）に従事。多種多様な海の生き物と接する中で、サイエンスイラストに目覚める。装画では、有川浩『県庁おもてなし課』（角川書店）、今泉みね子『脱原発から、その先へ』（岩波書店）、朱川湊人『主夫のトモロー』（NHK出版）、PR誌『ブンイチ』（文一総合出版）など。挿絵では、中学理科・高校生物の教科書（東京書籍）、月刊誌『現代化学』連載コラム（東京化学同人）ほか多数。

協力　横山広美（東京大学 国際高等研究所 カブリ数物連携宇宙研究機構教授）

装丁・デザイン　村松道代（TwoThree）

次元を超えた探しもの　アルビーのバナナ量子論

2017年10月28日　初版第1刷発行

作　クリストファー・エッジ
訳　横山和江
発行人　志村直人
発行所　株式会社くもん出版
〒108-8617 東京都港区高輪4－10－18 京急第1ビル13F
電話　03-6836-0301（代表）
03-6836-0317（編集部直通）
03-6836-0305（営業部直通）
ホームページアドレス　http://www.kumonshuppan.com/
印刷　三美印刷株式会社

NDC933・くもん出版・264P・20cm・2017年・ISBN978-4-7743-2695-5

CD38275